Waltraud Kuon

Die Erdenengel von Meersburg

Bibliografische Information der Deutschen Nationalbibliothek:
Die Deutsche Nationalbibliothek verzeichnet diese Publikation in der Deutschen Nationalbib-
liografie; detaillierte bibliografische Daten sind im Internet über http://dnb.dnb.de abrufbar.
© 2021 Waltraud Kuon
2. Auflage
Lektorat: Dr. Suzan Hahnemann
Korrektorat: Vorname Name oder Institution
weitere Mitwirkende: Satz: Manuela Hollmann/DEINSATZ
Bilder: Edelgard Brecht, Herbert Seebacher
Babybild: Franziska Lorenz
Titelbild: Edelgard Brecht
Gedichte und Bodenseetext: Fridel Müller
Umschlaggestaltung: Manuela Hollmann/DEINSATZ
Herstellung und Verlag: BoD – Books on Demand, Norderstedt
ISBN: 978-3-7543-5183-3

Waltraud Kuon

Die Erdenengel von Meersburg

Die Autorin

Waltraud Kuon arbeitet seit 35 Jahren in ihrer Lebens-, Liebes- und Engelsschule.

Sie hat in Wien, in New York, in Berlin und in Süddeutschland im Bundesland Bayern, im Allgäu, ihre Gabe zu den Menschen getragen.

Augenblicklich verschenkt sie ihr Wissen, das der Gottesgeist ihr hauptsächlich in den Nächten zuflüstert, in Meersburg und in Salem, am traumhaft schönen Bodensee.

Sie legt ihre Schützlinge zur Segnung und zur Heilung in DIE HÄNDE des Himmlischen Vaters und sie weiß:

„Nur Gott, der die Liebe im Geist und in den Herzen der Menschen ist, heilt und sonst gar nichts!"

Bild: Edelgard Brecht

Danksagung

Was könnte mir gelingen, hielte nicht Gott, der die Liebe ist, SEINE HAND über alle und alles.

DANKE, dem Allmächtigen Vater, dem Geist der Liebe in unserer Atmung, der alles ausrichtet und aufrichtet.

DANKE, der nährenden Mutter unter unseren Füßen, die unser Menschenleben auf der Erde erst möglich macht.

DANKE, allen Erdenkindern, die den Glauben in sich gefestigt haben und in deren Leben nur die Liebe zählt.

DANKE, allen Erdenengeln, die sich in einer Lebens-, Liebes- und Engelsschule ausbilden lassen und verantwortungsbewusst Vorbildfunktion übernehmen.

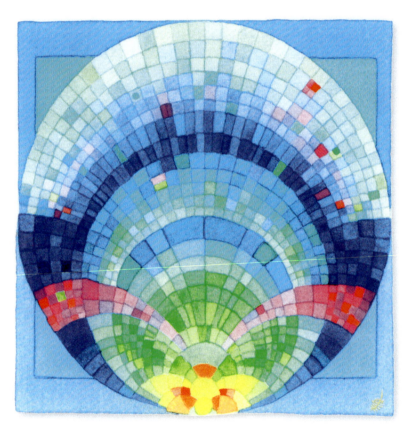

Bild: Edelgard Brecht

Die Freude

Freuen ist wie Sonnenlicht,
Das dunkle Wolken hell durchbricht.

Freuen ist wie Auferstehen –
Nach Winternacht und kaltem Wehen.

Freuen ist wie Frühlingsluft,
Wie feiner Blumen zarter Duft.

Freuen ist das Lied vom Leben –
Nur wo Freude – kann es Liebe geben.

Fridel Müller
September 1927

Prolog

Langsam, sanft und leise
nähern sich die Engel den Menschen an.
„Schrittweise, von dir zu mir, in den Tempel
der Gefühle", lautet ihr Motto.
Umgeben von Engeln, behütet und beschützt,
erlaubst du deinem Herzen, für die Liebe zu schlagen.
Wenn dein Herz für die Liebe schlägt,
dann wird dein Leben ein Traum.
Riskiere den „Sprung ins kalte Wasser",
mitten ins erfrischende Leben hinein!
Wage mutig, deinen Herausforderungen zu begegnen!

E R G O …

Steh` auf und lauf` los und finde deinen Traum.
Wovon träumst du?
Du bist mit einer Vision auf die Erde gekommen.
Suche, und du wirst deine Vision finden!
Strenge dich an!
Wenn du alles willst, dann musst du alles geben!

Ganz tief in dir, in deinem inneren Kern, fühlst du,
dass du etwas ganz Besonderes bist.
Traue dich, stehe vor Gott und der Welt zu dem ganz
Besonderen in dir, zu dem, was Du fühlst!

Verwirkliche, was du fühlst!
Und wisse, nur das, was sich gut anfühlt,
das ist auch gut!
Deine Gefühle antworten dir, wenn du mit beiden
Füßen gut auf dem Boden stehst und bereit bist,
deinen individuellen Weg anzutreten.

Wachse! Wachse! Wachse!
Wachse in die Erde und schnurstracks in deine Vision
hinein, bis du ihr gewachsen bist!
Deine Vision ist einzigartig!
Finde den Ort, an dem du deine Vision
verwirklichen kannst.
Dann stelle dich in den Dienst der Menschheit.

Das ist der Plan:
„Sättige die vielen hungrigen Geschöpfe mit
den Worten der Liebe und richte sie auf!"
Höre deinem flüsternden Herzen zu,
wie es dich ohne Unterlass ermutigt:

**„Kraft deiner Herzensliebe
schaffst du alles!"**

Diese Zeilen sind allen heranwachsenden Menschen gewidmet, im Besonderen jedoch einem sehr klugen jungen Mädchen, namens Mia, aus Meersburg am Bodensee, das eine unvergleichlich schöne Seele und ein goldenes Herz in sich trägt. Jedes einzelne, noch unerfahrene, unbewusste Geschöpf birgt die Anlagen zum leuchtenden Erdenengel in sich. Der Himmlische Vater betraut seine Kinder allesamt mit goldenen Schätzen für sie selbst und für jegliches Lebewesen auf der Erde. Gott, der die Liebe ist, hofft, dass die durch ihn übertragenen Talente, die verliehenen Gaben auf gesundem Boden heranwachsen und sich eines Tages bewusst millionenfach auf Erden in den Menschenherzen vermehren mögen.

Viele wunderbare Geschöpfe, so auch unsere Mia, sehen sich selbst noch nicht. Sie nehmen sich selbst und die ihnen von Gott verliehenen Befähigungen der Feinfühligkeit und der inneren und äußeren Schönheit nicht wahr. Sie zweifeln an sich selbst, verlieren sich, geben sich auf, verlassen sich selbst, halten sich für bedeutungslos, verurteilen den kleinsten Fehltritt und sind weit davon entfernt, sich zu akzeptieren, geschweige denn, sich selbst zu lieben. Sich selbst in die Arme zu schließen, mit sich selbst Zeit zu verbringen und die glückseligmachende Freude über das von Gott geschenkte Leben zu empfinden und danke für alles zu sagen, liegt ihnen fern.

„Es wäre", so spricht Mia unter Tränen und mit gedämpfter Stimme, „das Allerbeste, ich wäre gar nicht da. Alles ist sinnlos. Schau mich doch mal an!"

„Liebe Mia, bitte, erlaube mir, Dich mit ‚anderen Augen' zu sehen.

In Deinem Inneren nehme ich einen Engel wahr, voller Freude, Lebenslust und viel Humor. Befreie Deinen Engel, lasse ihn atmen, lasse ihn heraus an die Luft! Dein Leben wird ein lustiges werden, glaube mir, das fühle ich! Entwickle Dich ganz langsam. Du bist auf die Erde gekommen, um Dich selbst, Deine Seele im Körper wiederzufinden, sie zu erfahren, sie zu lieben und Deine Liebe großzügig zu verschenken.

Dein Körper ist ein bedeutungsvolles Wunderwerk der Schöpfung, ein goldener Tempel für Deine Seele. Er ist auf Deine liebevollen Umarmungen angewiesen.

Dein Atemhauch, der Deine Seele (Odem) ist, feuert durch Deinen Körper hindurch, pflanzt sich fort bis zu Deinen Zehen und berührt auf diese Weise die Erde. Das innigste Bestreben einer Seele ist die Verbindung mit der Erde.

Das Kunstwerk aus Fleisch und Blut ist ein unermesslicher Segen, unabdingbar zur Verwirklichung der Idee Gottes für seine Erdenkinder.

Einen beatmeten Körper zu bekommen ist das phänomenalste Geschenk unseres geistigen Himmlischen Vaters und unserer Erdenmutter.

Mutter Erde entnimmt ihrem Leib das Material für die Gestaltung aller Lebewesen, jedes anders und wunderschön, so, wie Gott es will. Die Erde schenkt den Leib, der Himmlische Vater haucht einen Teil von sich, die Licht-Seele, hinein. So arbeiten Mutter und Vater verlässlich und in inniger Liebe zusammen.

Geschenke wollen gepflegt, gewürdigt und wertgeschätzt sein. Anerkennung und Liebe richten die Körperzellen auf und lassen sie erstarken. Schätzen wir, was wir haben, dann gedeiht es uns zum Segen."

Als Mia eines schönen Tages mir erneut einen kurzen Besuch abstattete, niedergeschlagen wie eh und je, bot meine fröhliche Seele dem bedrückten Menschenkind einen Augenblick der Erheiterung.

Wie aus der Luft flog es mir zu: „Wenn Gott nachts im Traum eine goldene Haarbürste in Deine Hände legte zur Pflege Deiner wunderschönen langen braunen Haare, dann würdest Du die Haarbürste dankend annehmen, die Wälder des Bodenseekreises durchstreifen und alle Bären herbeirufen, um sie zu kämmen."

Das Gesicht des gerade noch apathisch wirkenden Mädchens hellte sich auf; jede einzelne Körperzelle schien berührt worden zu sein. Ein Lichtstrahl ging von ihm aus, die Augen leuchteten und ich glaubte, das Mädchen in sich hinein lächeln gehört zu haben.

Vorsichtig, sanft und leise näherte ich mich langsam, innerhalb mehrerer Begegnungen, dem Seelchen dieses feinen Geschöpfes, das sich selbst noch nicht sah, an. Schrittweise, von ihm hin zu mir begleitete meine Seele die seinige hinein in den Tempel der Gefühle. Mia sog meine erwachsene, zur Reife gekommene Herzenswärme auf. Jedes Wort legte ich wie immer auf die Goldwaage in meinem Inneren. Freudig konnte man beobachten, wie die „Flügel" (Flügel stehen symbolisch für die Frequenz, die Schwingung, die Schwingen) des Menschenkindes Gestalt annahmen, das Licht der Begeisterung in seinen Augen zu funkeln begann.

Das kluge, junge, hübsche Geschöpf öffnete sich achtsam. Allmählich ließ es die Sonne in sein Herz.

„Nimm wieder teil am Leben, lieber heranwachsender Engel; Du bist es wert!

Du darfst Dich vor diesem für Dich noch übermächtig scheinenden Leben fürchten. Ich hatte auch Angst, viele Jahre lang, und wie! Einmal bin ich über einen Zeitraum von vier Jahren ohne Arbeit gewesen, habe weder gewagt, mich bei einem Arbeitgeber vorzustellen, noch mich schriftlich zu bewerben. Eine Todesangst vor Ablehnung hatte mich in eine Starre versetzt. Dann ist mir das Geld ausgegangen. Meine gesamten Ersparnisse waren aufgebraucht, und ich bin in diese für mich furchtbare Bewerbungshölle hineingesprungen, einfach nur gesprungen, ohne zu überlegen, riskierte drei Bewerbungen, drei Ablehnungen. Dann sterbe ich eben, dachte ich, schlimmer kann es nicht mehr kommen! RISIKO! Alles war mir egal. Und Du glaubst es kaum, alle drei Arbeitgeber wollten mich einstellen. Ob meine Wahl gut war oder nicht, das weiß ich heute nicht mehr.

Die Angst vor Ablehnung kannst Du überwinden. Tritt hinaus, wage den Sprung! In Lähmungen zu verharren, ist viel schlimmer als der Sprung ins kalte Wasser. Ein Sprung ist irgendwann einmal vorbei. Lähmungen versperren alle Tore zum Glück und sie halten an bis in alle Ewigkeit. Wage Neues, spring' einfach! Feiglinge werden innerlich immer kleiner und unzufriedener, und mit der Zeit ziehen dunkle Wolken über ihr Leben und dann ist es aus mit dem Mut. Verpasse Deinen Absprung nicht!"

„Im Augenblick," so sagt Gott, „wagen viel zu wenige den Sprung in MEINE HÄNDE."

„Umgib Dich mit wohlwollenden Menschen, deren Herzen für die Liebe schlagen. Suche Dir aus, mit wem Du Dich umgibst; denn der Umgang formt den Menschen, liebe Mia. Wähle Deine Freunde behutsam aus. Dein Leben liegt in Deinen Händen. Steh' auf und lauf' los! Finde Deinen Traum! Wovon träumst Du? Du bist mit einer Vision auf die Erde gekommen. Tief in Dir fühlst Du etwas ganz Besonderes. Trau' Dich, und lebe, was Du fühlst! Und wisse, nur das, was sich gut anfühlt, das ist auch gut!

Stelle Dich in den Dienst der Menschen, wenn Du Deinen Ort für die Verwirklichung Deiner Vision gefunden hast. Lasse Dir Zeit.

Die Menschen brauchen Dich und Dein feines Wesen. Heute mache ich Dir Mut. Kraft Deiner Herzensliebe schaffst Du alles.

Ich glaube an Dich und ich sage Dir, es ist noch kein Meister vom Himmel gefallen. Alle haben wir klein angefangen, haben laufen gelernt, sind umgefallen und wieder aufgestanden. Wir haben Angst gehabt, mussten die unterschiedlichsten Erfahrungen machen; und wir sind geistig gewachsen.

Wachse auch Du langsam ins Leben hinein, bis Du ihm gewachsen bist. Das dauert ... !

Setze Deine Klugheit ein, Mia, und höre dem Leben zu!

In Dir lebt ein innerer unfehlbarer Ratgeber. Lerne in der Stille, auf diese leise Stimme zu hören, die aus Deinem Herzen zu Dir spricht. Sie weiß aus jeder Situation, aus jedem Dilemma einen Ausweg. Sie erzählt Dir, wie Leben in Glück und Freude geht.

Gib Dir eine Chance! Alles kommt im richtigen Augenblick zu Dir, dessen Du bedarfst, wenn Du zuhörst.

Kommst Du erst einmal in Schwung, dann verwandelt sich Deine Angst in Mut. Probiere es aus und staune darüber, was alles geht, was möglich ist und was in Dir steckt.

Wenn Du mir erlaubst, dann möchte ich Dich ein Stück weit begleiten. Zu zweit geht Leben leichter."

An jenem Tag begaben wir uns auf einen ganz besonderen individuellen Weg:

Mia lernte, zu suchen und zu finden, zu bitten und anzunehmen, anzuklopfen und stehen zu bleiben, wenn ihr aufgetan wurde. Sie überwand vielerlei Schüchternheiten und entband sich der „Schweigepflicht", die sie sich vor langer Zeit auferlegt hatte. Aus einer Angst heraus, etwas Falsches zu sagen, war sie stumm geblieben.

Sie wagte feinsinnig sich selbst, ihrem Leben, das zu ihr sprach, zuzuhören und beizeiten selbstsicher darauf zu antworten.

Ich fühle mich geehrt und
wertgeschätzt und gehe
demütig alle Wege in Liebe
mit meinen mir von Gott
anvertrauten Schützlingen.

Die Erfüllung einer Vision:

Die Lebens-, Liebes- und Engelsschule am Bodensee

Wir alle haben eine Vision, einen Traum.

Der Traum des Menschen sollte mit der Idee Gottes übereinstimmen. Zur Verwirklichung dieser Vorstellung hat Gott jedem von uns ein „glückliches Händchen" gegeben, um damit seine Erde zu einem besseren Planeten zu machen.

Offen und mutig gehen wir alle Wege mit unseren Herzen.

„Arbeit macht das Leben süß!" „Ohne Fleiß kein Preis!" „Den Fleißigen belohnt das Leben!"

Wir bilden edle Charaktere heran. Ein Charakter wird geschliffen im Arbeitsalltag, in der Begegnung mit den Vorgesetzten, mit den Kollegen, im Umgang mit dem Geld und im Verzicht!

Menschenkind, strahle Liebe aus, gegenüber allem, was Dir begegnet! Liebe Dein Tun! Verwirkliche Dein Inneres!

Jeder Seele ist ein für sie harmonischer Auftrag mit auf den Weg gegeben worden und, auf der Erde im Körper angekommen, leuchtet das Licht der Herzensliebe diesen Weg aus.

Viele Jahre habe ich meine Vision gesucht. Sie lag so nah, und ich konnte sie nicht greifen. Ich kam nicht auf die Idee, die Lösung des Rätsels hinter meiner „Tagträumerei" zu finden. In allem sah ich Licht, das mich freudig berührte und begeisterte.

Das große warme Licht hat mich zum allerersten Mal in einer für mich unbeschreiblichen Dimension im Alter von drei Jahren umgeben. Das Bild sehe ich heute noch vor mir. Ein Baby kam zur Welt, eingehüllt vom Licht der Güte und Milde, lag es am wärmenden Ofen. Das soeben zur Erde gekommene Geschöpf und ich waren EINS in Gott, EINS im Licht.

Im Alter von neun Jahren durfte ich in der Heiligen Erstkommunion die Hostie, den „Leib Christi" empfangen und in den Hauch, den Geist, in die große gemeinsame Seele des bewussten Seins innerhalb der

Christengemeinde eintreten. Wahrlich, ich habe damals, man bedenke, im Alter von neun Jahren, Jesus Christus in mein Leben eingeladen und seine Gnade empfangen. Der „Weiße Sonntag" enthüllte sich als „mein Tag". In unaussprechlicher Liebe geborgen, von strahlendem warmem Licht umgeben, mittendrin, kniete ich am Altar. In meinem Herzen glänzte die Reinheit. Aufgenommen in die Christengemeinde, sollte mir von nun an allsonntäglich erlaubt sein, die Kommunion zu zelebrieren und in Gedanken und im Herzen mit Jesus Christus EINS zu sein.

Am Altar sangen wir Kinder mit unseren feinen Stimmchen das Lied:
„Wie ein Hirsch nach Wasserquellen, sehnt sich, Gott, mein Herz nach Dir.
Herr, wann darf ich zu Dir kommen? Wann kommst Du, mein Herr, zu mir (Psalm, 42/43)?"

Die Liebe Gottes und das Licht der Welt drangen in mich ein. In jener Stunde habe ich mein Leben dem Himmlischen Vater anvertraut. Ein Augenblick für die Ewigkeit!

Von Zeit zu Zeit ergab es sich, dass ich bei den Menschen stehende Lichtphänomene beobachten und das Licht in ihren Körpern wahrnehmen konnte.

Ich bin den abertausende Meilen langen Weg gegangen, schrittweise, hinein in den Tempel meiner Gefühle, bin in meinem Herzensinneren angekommen. Und, ich erlaube mir, an dieser Stelle zum Ausdruck bringen zu dürfen, dass ich den Altar, auf dem Gott mein Leben für mich bereitet, alle Sekunden am Tag und in der Nacht, während Engel über mich wachen, in mir wahrnehmen kann. Dafür lebe ich. Voller Hingabe stehe ich dem Schöpfergeist der Liebe zur Verfügung.

Seit Jahren schule ich die Menschen, das Licht in sich selbst und im Gegenüber wahrnehmen zu lernen.

In Gottes Auftrag bestärke ich die Menschen, neu zu **sehen**, anders als bisher auf das Leben zu schauen, sich ihrer Gaben bewusst zu werden und dankbar dafür zu sein, dass sie hier auf diesem wunderschönen Planeten verweilen dürfen.

Der Schüler lernt über Jahre hinweg, das Licht im Inneren heller und goldener leuchten zu lassen. Der Weg lohnt sich; es ist der Weg hinein in den Himmel auf Erden.

Gott hat nur Engel zur Erde geschickt!

Die Erdengäste gehen unterschiedliche Wege. Nicht alle suchen den Pfad der Wahrhaftigkeit und zu wenige hinterlassen einen tugendhaften Selbstabdruck im Erdengästebuch.

Der Erdenweg ist kein einfacher. Alle wollen wir uns ausprobieren, uns fühlen, auch mal die Finger verbrennen, mit unseren überschwänglichen Ideen gegen Wände laufen und den Kopf anschlagen, allen Menschen unsere blutenden Wunden zeigen; wir wünschen, gesehen zu werden. Und wir möchten heilen an Körper, Geist und Seele.

Kaum haben wir während eines erholsamen Augenblicks in den sonnigen Himmel geschaut und gestaunt, welch glorreichen Geist der Schöpfer für den heutigen Tag in uns gelegt hat, schon sind wir wieder unterwegs, den nächsten Schritt zu planen. Wir streben vorwärts; und das ist gut so. Sehr kluge Köpfe jedoch halten immer wieder inne; sie verfolgen ausschließlich im entspannten Zustand ihre Ziele.

Wir alle sind im inneren Kern das Licht Gottes, und wir sind in die Welt hineingeboren worden, um im Namen Gottes den Menschen die bedingungslose Liebe

zu bringen. Wenn meine Lebens-, Liebes- und Engelsschule von Zeit zu Zeit mehr und mehr Erdenbürgern zu
ihrer Erdenengelschaft verhelfen kann, dann geschieht
dies im Auftrag Gottes.

Gottes Segen liegt über der Schule und allen Seelen,
die Gott in meine Lebens-, Liebes- und Engelsschule
schickt, die im Himmel mit Namen vermerkt sind (alle
Seelen sind im Himmel mit Namen vermerkt). All jene
möchte ich gerne mit dem Schöpferlicht in der Gnade
des Himmlischen Vaters verbinden dürfen, auf dass
ihr Leben ein freudiges Ereignis werde!

Über einen Zeitraum von ein bis zwei, manchmal mehreren Jahren nehme ich die Menschen an die Hand
und begleite sie, baue sie auf und unterrichte sie in
der Selbstliebe, der Selbstfindung bis hin zur Offen-
barung ihrer liebevollen Engelenergie. Die Menschen
streifen alles ab, lassen gehen, was ihnen nicht mehr
entspricht, bis die allerletzte Schale überwunden ist
und das **Engelgefühl** zum Vorschein kommt.

Mögen die geschulten Menschenkinder, die entpupp-
ten Erdenengel, die Liebe in noch größerem Maße
weitergeben, als wir sie im Bodenseekreis sowieso
schon erleben dürfen.

Das Grundprinzip der Lebens-, Liebes- und Engelsschule lautet:

„Schrittweise, von dir zu mir, hinein in den Tempel der Gefühle!"

Erinnere dich stets daran: „Gott hat dich dazu berufen, den Menschen die Liebe zu bringen!"

Erdenengel **bringen** die Liebe in die Familien. Wenn Streit und andere ungute Energien ganze Familien dominieren, dann schickt der Schöpfer Engel auf die Reise, mit der Befähigung, die Streitigkeiten in Harmonie zu verwandeln. Eine derartige Transformation in den Köpfen und in den Herzen der Betroffenen zieht sich nicht selten über eine Zeitspanne von siebzig und mehr Jahren hin. Erst dann, wenn die Angehörigen alt und schwach, auf Hilfe angewiesen sind, erweichen ihre Herzen. Jetzt ist die Zeit gekommen, diesen Seelen den Geist, das Wort der Liebe zu überbringen. Es ist nie zu spät, die Liebe einziehen zu lassen, auch dann nicht, wenn es während des allerletzten Atemzuges geschieht. Keine Seele soll sinnlos und ohne jegliches Liebeslicht erfahren zu haben, diese Erde verlassen müssen. Das ist der Wille des Schöpfers.

Erdenengel hören zu, und sie nehmen das Leid ihres Gegenübers ernst und verbinden die traurigen, leergewordenen Seelen mit Gott, der die Liebe ist.

Vor wenigen Tagen bin ich dem wunderschönen, strahlenden, sehr klugen Erdenengel Laura begegnet. Sie berichtete von einem jugendlichen Bekannten, der, wie sie es bezeichnete, vom Weg abgekommen war und dieses verdrehte Leben nicht länger ertragen konnte. Eines Tages entschied er sich, dem leeren Dasein ein Ende zu bereiten.

Laura erfuhr davon und sah A. H. (ich möchte ihm den Zunamen geben: der Heimgeholte) in schlaflosen Nächten in großer Not im Jenseits. „Hilf mir! Hilf mir! Hilf mir!", und Laura hörte ihm zu. Zeitnah fuhr sie zur Klosterkirche Birnau, um für A. H. eine Kerze anzuzünden. Noch stand Laura am Seitenaltar in der Aura der vielen strahlenden Kerzenlichter und betete für A. H., als sie plötzlich seine warmen Hände auf ihren Schultern spürte: „Du bist die Einzige von Vielen gewesen, die mir zugehört hat. Jetzt ist alles gut. Ich bin bei Gott. Gott hat mich zu sich geholt!"

Erdenengel sind sehr mutig. Sie wissen, dass sie im Licht der unermesslichen Kraft der Liebe wirken und kraft ihrer Liebe alles schaffen. Sie helfen und stehen immer zur richtigen Zeit am richtigen Ort.

Wenn ein Erdenengel der Hilfe bedarf, dann eilen alle zur Verfügung stehenden himmlischen und irdischen Engel herbei, um den Erdenengel zu begleiten, ihn zu stützen und ihn zu versorgen. Auch Erdenengel sind Menschen und bedürfen des Beistandes. So geschieht es: Alle für einen und einer für alle!

Erdenengel bringen die Liebe!

Engel üben sich in Engelsgeduld. Bestvorbereitet stehen sie im Himmel in der Warteschleife, um auf ein Neues von Gott auf die Reise geschickt zu werden. Die Erde und ihre Wesen darauf zu beglücken, ist ihnen eine Ehre. Der Weg, hinein in ein forderndes, aber auch erquickliches Erdenvergnügen, ist sehr begehrt.

Gott lädt die Akkus der Erdenengel am Tag und in der Nacht. Sie atmen die Intelligenz, den Gottesgeist, den Odem bewusst ein und bleiben über diesen „guten Draht" mit der Allmächtigen Kraft verbunden, EINS.

Erdenengel reden langsam und wenig. Ausnahmen bestätigen die Regel: Wenn ihr Herz überläuft vor Freude und dem Witz des Lebens, dann können sie nicht mehr an sich halten; und sie sprudeln regelrecht über.

Besonnen legen sie, außerhalb des Ausnahmezustandes, jedes Wort auf die Goldwaage in ihrem Inneren und prüfen den Wahrheitsgehalt. Jedes Wort, das sie sprechen oder in sich aufnehmen, ist von großer Bedeutung. Wöge es schwer, so wäre es unwahr. Sie wissen, dass nur die Herzenswahrheit sie leicht und frei sein lässt. Einzig und allein die Herzenswahrheit ist maßgeblich für ihr Leben auf der Erde. Und Gott ruft seinen Engeln auf der Erde immer wieder haltgebend zu: **„ICH BIN DIE WAHRHEIT. NOCH FLIESST DAS LICHT GERADEAUS!"**

Anhand dieses eingeatmeten Vermögens, dieser Weisheit und Klugheit, gestalten sie ihr Leben täglich neu. Sie veredeln ihre Gedanken, Worte und Taten. Sie vergolden ihre Partnerschaften und sie durchfluten ihre Mitmenschen mit reinem Licht, auf dass diese leicht und licht werden. Sie erfüllen ihre Lebensräume mit Würde, Respekt, Wertschätzung und Dankbarkeit und vielen anderen Tugenden. Was Gott ihnen gegeben hat, das verschenken sie aus vollem Herzen weiter.

Erdenengel übernehmen die Verantwortung für ihre Berufung. Sie hören Gott zu und erfüllen all das, was ER von ihnen an diesem Tag braucht.

Erdenengel lieben das Dienen. Sie weihen ihr Erdenleben dem Himmlischen Vater und stellen sich in die Dienste der Menschheit. Sie sind Vermittler zwischen Himmel und Erde.

Sie sammeln verlorene Seelen ein und bringen sie ins Licht der Liebe Gottes zurück. Sie pusten auf Sand gelaufenen Seelen Wind in die Segel. Sie begleiten hilflose und hoffnungslose, fast verlorene Seelen durch die Höllenfeuer des Lebens, wenn sie fühlen, dass es ihre Aufgabe ist. Sie selbst kennen die Hölle; sie haben jeden Winkel da unten, auf der niederen Frequenz schmerzlich ausgelotet. Das Feuer der Hölle hätte sie verbrannt, hätte Gott nicht weitere Hilfskräfte zur Errettung seiner geliebten Kinder auf die Erde gesandt.

Und dann, wenn sie die Seelen am Schopfe aus der Hölle gezogen haben, beobachten sie den Kraftzuwachs der Kämpfernaturen.

Unsichtbare himmlische Helfer und Erdenengel lieben bedingungslos. Sie beschützen, sie begleiten und sie sind vorurteilsfrei. Im Dienste stehende

Erdenengel sind erwachsen (und erwacht) und sie lieben ihr inneres Kind. Sie wissen um das sanfte Wesen, das in jedem Menschen lebt und nach Liebe, uneingeschränkter Akzeptanz, nach Anerkennung und nach vertrauensvoller Nähe ruft.

Die Erdenengel greifen nicht in ein Menschenleben ein, wenn dies nicht erbeten wird; denn sie handeln im Auftrag Gottes.

Gott würde sich niemals in ein Menschenleben einmischen. ER braucht dies, seiner Meinung nach, auch nicht zu tun. Denn ER hat nur Engel auf die Erde gesandt im Vertrauen darauf, dass sie seinen Planeten Erde besser verlassen, als sie ihn betreten haben. Der Himmlische Vater hat aus Liebe seinen Erdenkindern den freien Willen gegeben. Und, ER würde aus reinem Respekt vor seinen Kindern nicht dazwischenfunken. Wenn jedoch ein Kind seinen Vater von ganzem Herzen um Hilfe bittet, dann ist der Vater da.

Gott hat die Erde nie betreten.

Da Gott nie auf der Erde gewesen ist, Mutter Erde nicht betreten hat, ist ER auf seine Helfer und Helferinnen auf der Erde angewiesen. Erdenengel arbeiten im Auftrag

Gottes und sie machen ihn auf das Leid und den Schmerz seiner Erdenkinder aufmerksam. Wo auf der Erde viel Licht ist, da ist auch Schatten; wo viel Liebe ist, da tauchen die Widersacher auf und säen Neid und Hass.

Erdenengel befehlen die Seelen in GOTTES HAND: „Vater im Himmel, ich bitte Dich von ganzem Herzen, heile die Seele von … (den Namen nennen), heile die Seele von …, heile die Seele von …, danke, dass Du mich erhört hast. Nicht mein Wille geschehe, sondern der Deine! Amen, ja, so sei es!"

Auf diese Weise nehmen sie alles auf der Erde, sogar die Erde selbst, in ihr Herz hinein und legen das Bedürftige dem Vater vor zur Heilung. Und Gott erweist allen die Gnade. Nicht um ihretwillen helfen Engel, schreiten sie ein. Sie dienen dem Vater im Himmel und lassen seine unerschöpfliche Liebe auf der Erde sichtbar werden. **Nur Gott, der die Liebe in den Menschenherzen ist, heilt!**

Wunder um Wunder geschehen Tag für Tag!

Gott dreht die Körperzellen ins Licht; Gott dreht die Menschen ins Licht, und Gott lässt sein Licht über den

Menschen leuchten, damit sie von Liebe durchflutet werden können.

Erdenengel machen Gott alle Ehre. Kleine Heilungen sind oft binnen sieben Tagen vollzogen. Größere Aufträge dauern unter Umständen sehr viel länger. Gott lässt den Erdenengeln viel Ruhm und Ehre zukommen; sie bleiben demütig, denn die Liebe ist es, die heilt. Ihre Erfüllung ist unermesslich, da sie dem Vater dienen dürfen.

Und doch, manchmal sind sie eben auch Menschen und erfreuen sich am Glück dessen, der an Körper, Geist und Seele genesen ist, weil sie seine Hand erfasst und ihn Gott vorgestellt haben.

Sie stehen vor Gott und vor aller Welt zu ihrer Berufung zum Erdenengel und sie tragen ihre Krone als Gotteskind auf ihrem edlen Haupt.

Erdenengel wissen, dass alle Namen aller Menschenkinder im Himmel verzeichnet sind (Lukas 10, 20). Und sie wollen sie alle, denen Gott einen Namen gegeben hat, zum Himmlischen Vater zurückführen, all die fast verlorenen Geschöpfe auf Erden den verbrennenden Flammen des Bösen entreißen.

„Wenn zwei oder drei in meinem Namen versammelt sind, da BIN ICH mitten unter ihnen" (Evangelium nach Matthäus, 18). Erdenengel sind sich ihrer Sache sehr sicher, und sie wissen, dass ihre Gespräche vom Himmlischen Vater gehört und erhört werden.

Und, wenn Engel in einer Situation feststecken, dann geben sie noch mehr Liebe hinein, damit das goldene Liebeslicht alle Beteiligten voll und ganz durchdringen und sie befreien kann!

„Schönes feinfühlendes Mädchen,
liebe Mia, finde heraus,

worum es auf der Erde wirklich geht! Lege mal für einen kurzen Augenblick alles zur Seite und werde ruhig! Komm' für einen Augenblick zu Dir in Dein inneres Zuhause zurück, gerne in meinem Beisein; ich halte Deine Hand. Wenn die Angst über Dich kommt, dann bin ich bei Dir. Sei mutig und schaue wie durch ein geöffnetes Fenster hinaus in die Welt!

JETZT – GANZ KONKRET – WORUM GEHT ES HIER AUF DER ERDE – JETZT!

Was siehst Du? Was fühlst Du, wenn Du bei Dir bist? Nimm allen Mut zusammen und öffne Deine Herzenstüren. **Das Leben kannst Du nur mit dem Licht Deines Herzens sehen, JETZT!**

Auf den Verstand können wir uns nicht verlassen, auf unser Herz sehr wohl. Erfühle jeden Schritt auf Deinem Weg, von Minute zu Minute. Sei achtsam und erlebe das JETZT. Laufe langsam! Das Ziel kennst Du nicht. Darum geht es auch nicht, sondern um jeden einzelnen besonnenen Schritt im JETZT. Leben ist JETZT. Das JETZT möchte mit Liebe erfüllt sein.

Du bewegst Dich nicht, weil Du Angst hast?

Wenn der Tag, den Du gerade begonnen hast, Dein allerletzter wäre, was würdest Du tun? Was ist JETZT von Bedeutung? Mache den ersten Schritt in ein wesentliches Leben hinein! Vielleicht möchtest Du Deinen Lieben noch Danke sagen und dass sie Dir unsagbar wichtig sind! Dann ist der heutige Tag ein lebenswerter Tag. Werde Dir der vielen kleinen Momente bewusst und erfülle sie mit sinnvollem Leben, mit Leben, das Dir der Atem gibt.

Liebe Mia, Gott schenkt uns auf der Erde an Lebensdauer weder Stunden, Tage noch Jahre.

Gott stellt uns ein gewisses Pensum an Atemzügen zur Verfügung, welche die Informationen enthalten für unser gemeinschaftliches Leben im Sinne von liebevoller Orientierung innerhalb der Göttlichen Ordnung. Wenn wir diese Anzahl an Atemzügen gelebt haben, dann ist es auf der Erde im Körper vorbei. Gott legt eine große Verantwortung in unsere Hände.

Schaue dem Menschen zu, wie er atmet und Du weißt, wie er lebt und wie er ist. Der Atem erzählt alles über ihn. Er spricht Bände. Ein Mensch, der ruhig und gelassen in seinen Tiefen atmet, der bringt Leben in diese Regionen hinein und ist immer auf dem Laufenden. Das Leben flüstert ihm zu und vermittelt direkt, was es von ihm JETZT braucht. Er ist die Ruhe selbst, denn er hat alles, er gibt alles und lädt seine Batterien mit jedem neuen Atemzug wieder auf. Er trägt Bewusstheit in sich.

Leben findet **im Körper**, in der Tiefe, im Herzen, im Bauch, im Becken, in den Beinen und mit den Füßen auf der Erde statt.

Atmet der Mensch intensiv und langsam, fünf bis sieben Atemzüge pro Minute (belastungsabhängig), so werden ihn die Atemzüge viele Jahre lang tragen und den Körper mit ausreichend Sauerstoff versorgen.

Oberflächliche Schnaufer, die nur selten innehalten, erreichen den Boden (der Tatsachen) nicht. Dementsprechend fehlt ihnen permanent irgendetwas, ja, das wahre, volle Leben vermissen sie. Sie verpassen ihr Dasein **auf** der Erde. Eile verhindert die Tiefe.

Diese Art von gestressten Menschen atmen mehr als 20 gehaltlose Atemzüge pro Minute. Ihre Lebenserwartung wird eine geringe sein. Die Sauerstoffsättigung im Blut ist defizitär, die Ausdauer miserabel.

Mensch, vergeude Deine Atemzüge nicht!

Verbringe Deine Zeit weder mit leerem Gerede noch unsinnigen Beschäftigungen. Am Ende reichen Dir Deine Atemzüge nicht aus. Wenn die Atemzüge verbraucht sind, dann ist Dein Wort das letzte Wort auf Erden gewesen. Du wolltest doch noch so viel Gutes sagen, so viel korrigieren. Lebe und atme bewusst! Nutze Deine Atemzüge sinnvoll und mache das Allerbeste daraus! Atme Dich ins JETZT hierher!

Der Atem ist der Stoff, aus dem das Leben ist. Der Atem ist der Stoff, der Leben gibt. Gottes Atem ist der weiseste Berater des Universums. Der Atem = Odem ist das Tor zur Datenbank, und über diese Datenbank haben die Lebewesen Zugang zu allen Lösungen für sämtliche Lebensfragen. Wisse, jede Auskunft gibt Dir der Odem, der Atem Gottes, der in Deinem Inneren zu Dir spricht. Du brauchst die Antworten nur abzurufen. Du stellst die Fragen, und aus Gott kommen die Erwiderungen.

Und Atem ist jede Sekunde neu. Atem ist der Geist des JETZT. Ins Morgige hineinzudenken, beraubt Dich des heutigen Tages, des JETZT. Die Atemzüge mit der Information für morgen bekommst Du morgen.

Jeder Tag bringt das Seinige."

Stundenlang, tagelang saßen wir beieinander. Mias Wissensdurst schien unstillbar.

Ihre Fortschritte in der Atemarbeit faszinierten mich. Wie ein leeres Blatt beschriftete sie ihre Seele mit den goldenen Buchstaben aus ihrem erfrischten Geist.

Erstaunt schaute sie auf ein Leben, das sie endlich frei und selbst gestalten durfte.

In ihrem innigst geliebten Tagebuch, das sie zum Engelbuch ausschmückte, dokumentierte sie ihre Gedanken zu den besprochenen Themen.

„Liebe Mia, heute befassen wir uns mit dem Thema: ‚Die Goldwaage'.

Lege jedes Wort, das Du denkst und sprichst, auf Deinen sanften Seelenhauch, auf die sogenannte Goldwaage. Es ist gut, wenn es sich leicht = licht anfühlt und nicht schwer-wiegend ist, gleich einer Beschwerde. Jeder Gedanke und jedes Wort passieren Deine Herzgewebe. Alles muss da durch!

Sei fein, fühle fein, denke fein, rede fein, handle fein, bewege Dich fein. Sei ein feiner Mensch. Sei EINS mit dem feinen sanften Hauch der Schöpfung.

Grobheiten vernichten Deine hohe Sensibilität und verjagen Deine Seele aus Deinem Körper.

Und wenn es eng wird hinter Deinem Brustbein, dann erinnere Dich daran: Alles Gedachte, Gesprochene, sowie alles Empfangene muss durch Deine Herzgewebe hindurch. Veredle Deine Gedanken und Deine Worte. Achte darauf, mit wem Du Dich dauerhaft umgibst! Entscheide Dich für die einfühlsamen Menschen. Verurteile die anderen nicht. Dann wird es wieder weich in Dir.

‚Es ist, wie es ist‘, sagt die Liebe, ‚alles ist für irgendetwas gut.‘

Werte nichts! Beschwere Dich über nichts! Urteile nicht! Belangloses Zeug gewinnt mit einer Bewertung an Gewicht. Mit einem von Dir verhängten Urteil geht es in die Abspaltung, in die Verdrängung, in die Unterdrückung. Alles Abgespaltene, alles Verdrängte, alles Unterdrückte holt Dich immer wieder ein, solange, bis Du es akzeptierst, so, wie es eben ist. Gewicht trägst Du schwer im Herzen und in der Seele. Nimm an, was kommt, egal, was auch immer es ist, danke dafür, lasse es weiterfließen, ohne jegliche Gewichtung, unbeschwert, mitten durch Dein Herz hindurch und heile es in der Herzenergie. Das Feuer der Liebe verbrennt alles ihr nicht Adäquate. ‚Es ist, wie es ist‘, sagt die Liebe.

Erkenne, dass gar nichts wichtig ist, was Deiner Liebe, Deinem Herzen schaden würde, rein gar nichts.

Alles außerhalb Deiner Liebe ist Nonsens, Unfug und somit völlig unwesentlich, nicht relevant, ja, nur eine fadenscheinige Illusion, ein Albtraum, ein Hirngespinst, von irregehenden Menschen kreiert.

Wenn die Bodenlosen, die Kurzatmer, die Gestressten Dich angreifen, dann wehre sie nicht ab. Halte die andere Wange hin. Nimm ihren Verstoß an, nimm ihn nicht persönlich und spüre in Dich hinein. Im nächsten Augenblick schon nimmst Du das Motiv für die Feindseligkeit in Deinem Inneren wahr.

Es sind deren Unsicherheiten, deren Unfrieden, deren Verstimmungen, die Dich attackieren. Wenn Du die Angriffe in Ruhe in Dir wirken lässt, begibst Du Dich für einen ganz kurzen Augenblick, für Sekunden, auf ihre Frequenz, und Du kannst sie erfassen. Wenn Du weder urteilst noch Dich in einen Streit verwickeln lässt, sondern den Frieden in die offenen Wunden hineinlegst, kühlen die erhitzten Gemüter ab und Ruhe und Heilung kehren ein. WISSE, WER DU BIST!

In der Hetze des Alltags machen sich wenige Menschen Gedanken, was im Anderen vor sich geht. Sie wenden sich ab, wenn es unangenehm wird. Der unbewusst lebende Mensch fühlt sich immer angegriffen und schlägt manchmal direkt, widrigenfalls, sich rächend, nach entworfenem Schlachtplan, später zurück. Streit und Krieg erwachsen daraus.

Liebste Mia,
sei ein Vorbild für die Menschen!

Reiche ihnen die Hand. Sei die Heilerin, die alles zum Guten wendet und nicht die Anklägerin. Richte nicht, auf dass Du nicht gerichtet wirst (Matthäus 7.1). Bete für die Angreifer. Erbitte bei Gott die Heilung.

Gott heilt mit seinem Licht von innen heraus. Und Gott heilt den Unmut in den Wurzeln. Die Traumata muss man im Keim ersticken, um ihnen den Garaus zu machen. Die faulen Ansätze können wir Menschen nicht in ihrer Gänze erfassen und somit auch nicht heilen. Überlassen wir diese Tiefen unserem Schöpfer, der alle seine Kinder durch und durch kennt.

Liebe Mia, Du lässt sie los und bist frei.

Damit schaffst Du Dir das Himmelreich auf Erden. Du bewahrst die innere Ruhe und Dein Herz bleibt leicht. Wir wünschen uns alle, dass der Frieden auf der Erde Einkehr hält. Im Kleinen fängt er an.

Erkenne darin das Prinzip der Analogie, der Entsprechung: Wie innen, so außen; wie oben, so unten; wie im Kleinen, so im Großen; wie der Geist, so der Körper ...

Säe gute Saat, dann wirst Du Gutes ernten. Die Menschen begegnen Dir mit Liebe und Vertrauen. Sie fürchten sich nicht vor Dir. Endlich ist da ein Mensch, dem sie sich öffnen, dem sie alles sagen dürfen, ohne verurteilt zu werden, ohne sich schämen zu müssen. Sie haben erfahren, dass Du sie annimmst, egal, wie fehlerhaft sie sind, und dass Du aus allem etwas Gutes machst. Sie möchten von Dir Liebe lernen. Sie haben gespürt, wie die Liebe ihre Herzen berührt. Jeder Mensch möchte gerne berührt werden und liebevoll berühren können. Und Du wirst sehen, schon bald begegnen Dir Menschen, die keine Angst mehr haben vor Herzensnähe.

Was weh tut, das ist die Angst!

Primär findet die Angst (indog. Wurzel, *anghu-, eng, bedrängend) im Kopf statt. Alle Angstgedanken manifestieren sich als Sekundärreaktionen im Körper.

Gedacht, getan! Die Angstgedanken legen sich in den Brustraum, schnüren die Luft ab (Sauerstoffmangel) und schleichen von Zeit zu Zeit durch den Körper hindurch, um ihn müde, kraftlos und gelähmt zu hinterlassen. In der Angst weicht die Leichtigkeit (das Licht) und die Schwere, die Dunkelheit hält Einzug.

Die Schwere ist ein Machwerk der Finsternis, der Lüge, der Täuschung.

Unerträglicher Herzschmerz veranlasst den Menschen, nach Hilfe zu rufen. Er ringt nach Atemluft = Odem = Seelenlicht, das alles heilen kann.

Erkenne die Enge in der Angst, nimm sie ernst, nimm sie an und lasse sie gehen!

‚Ah, liebe Angst, Du bist es!'

Akzeptiere Angst und gib sie im Atem frei. Räume ihr als zerstörende Macht keinen Platz ein, wenn Du das schaffst. Anderenfalls bitte geschulte Menschen um Hilfe.

Du hast gelernt, dass Du das Engegefühl annehmen und es wegatmen kannst. Du weitest den Körper wie einen aufblasbaren Luftballon.

Hiermit verfügst Du über ein Wissen, das Dich ein Leben lang mit dem aktuellen Gottesgeist verbindet und Dir in jeder Lebenslage zuflüstert, was es zu tun gilt. Erinnere Dich an die Datenbank. Sei klug und lerne JETZT, damit Du in der Not auf Deine Schätze zurückgreifen kannst. Nimm Dein Leben ernst! Vergeude keinen Atemzug!

Anhand dieser Erkenntnisse stehst Du immer auf der allerbesten Seite. Du bist gewappnet für alle Herausforderungen des Alltags.

Trage die Verantwortung dafür, dass Dir im JETZT nie die Luft ausgeht! Wenn Du den Tank Deines Autos beinahe leergefahren hast, gerätst Du in der Regel auch nicht in Panik. Du fährst die nächste Tankstelle an und gießt **Kraftstoff** nach.

Angst ist wirklich da, aber sie ist nichts Wahres. Angst stellt sich ein, wenn das Behältnis leer ist. Wisse um die notwendige Atem-Kraft-Füllung. Pack' den Odem in den Tank!

Hole tief Luft und gehe durch die Herausforderungen hindurch! Atme und schöpfe neuen Geist für alle Fragen dieser Welt!

Jesus erhob sich über das Verneinen: Bittet, so wird euch gegeben (Matthäus 7,7)!

Jesus hat niemals vom Verhindern gesprochen. ER wusste mit Bestimmtheit, dass ER beim Vater nur zu bitten und zu danken brauchte. Sein Ideal war in der Liebe vollendet. ER war EINS mit dem Vater."

Was wir zu verhindern versuchen, das wird uns einholen!

„Liebe Mia, angenommen, Du würdest unzufrieden vor Dich hin jammern, Dich über Gott und die Welt beschweren, den lieben langen Tag Dein freudloses Leben in den Fokus nehmen, so könntest Du binnen kurzem beobachten, wie sich Deine Übellaunigkeit im Alltag, im Sinne von Versagensängsten, anfühlen und auf der Körperebene, im Hinblick auf Deine Gesundheit, in Form von kollabierenden Nervenzellen (u.v.m.) manifestieren würde.

Die Angst, durch oben genannte Worte provoziert, entspricht nicht Deinem inneren Bestreben und doch holtest Du sie in Dein Leben.

Derlei Ideen von unbewusstem, verunsicherndem, innerem, Dich selbst schädigendem Geschwätz würden Deine natürliche Immunität zerstören. ‚Wie soll das weitergehen?', fragtest Du Dich verzweifelt.

Dieserart Auffassungen werden in einem toxischen Milieu geboren. Sie bewegen sich energetisch weit ab vom wahren Lichtkern, auf einer niedrigen Frequenz, auf der Ebene der pessimistischen Wesen, die noch alles durch die schwarze Brille sehen.

Von Herz zu Herz, der Weg in Jesus Christus – **ICH BIN DAS LICHT** – ist ein lichterer. Du bedankst Dich hundert Male am Tag, versicherst Deinem Immunsystem, dass Du stetig gesünder und stabiler und fröhlicher und lustiger wirst: ‚Danke, Himmlischer Vater, ich bin sehr zufrieden mit der Kraft, die Du mir zukommen lässt, um meine Gesundheit zu stärken!' Bald schon stellst Du fest, dass es mit Deinem Wohlbefinden steil bergauf geht. Am eigenen Schopfe hast Du Dich, anhand der Kraft Deiner Worte und des Glaubens an Deine Worte, aus dem Sumpf gezogen.

Mia, gehe neue Wege! Gesundheit und Kraft bewegen sich energetisch auf einer hohen Frequenz. Schwingst Du Dich darauf ein anhand Deiner Erkenntnisse bezüglich der Atmung, des bewusst aspirierten Odems, des

Gottesgeistes, des heiligen, des heilsamen Gedankens, so findest Du eine Welt vor voller Zuversicht, erfüllt von Glaube, Liebe und Hoffnung.

Gott warnt uns und bringt zum Ausdruck, dass im Kosmos vielerlei dunkle Energien herumschwirren, und ER bittet uns, **bewusst** die hellen göttlichen Aspekte hereinzuholen.

Du hast verstanden, liebe Mia, dass Du Dich selbst aus einer misslichen Lage befreien kannst. Und es leuchtet Dir ein, dass zukünftig ein lichter Geist in Dir wirken möchte.

Der Gedanke (das Wort) ist der Stoff, aus dem Deine Zellen gemacht sind. Alles ist durch das Wort gemacht; ohne das Wort ist nichts gemacht (Johannesevangelium, Kap. 1).

Erhebe auch Du Dich über das Verneinen, liebe Mia. Ja! Ja! und nochmals Ja!

Ja und gut ist viel leichter!

In der Welt der Liebe, die allen Wesen gebührt, schöpfen und erschaffen die Erdenkinder.

Die Gutdenker, die Gewinner, tragen Ideen in sich, die sich gut anfühlen und diese bejahen sie. Sie gestalten und bringen zum Ausdruck, dass ihre Bitten erhört worden sind. Sie anerkennen Gott mit den Worten: ‚Himmlischer Vater, ich danke Dir, dass Du meine Bitten immer erhörst und erhört hast. Ich handle in Deinem Willen und ich weiß, dass alles, was Dein Ideal ist, schon vollendet ist!'

Die Verhinderer lehnen beinahe alles ab. ‚Nein, dieses und jenes will ich nicht!' Dieses und jenes ziehen sie in ihr Leben, das ist so sicher wie das Amen in der Kirche. Sie lenken ihre ganze Kraft auf das, was sie zu vermeiden versuchen. Sie sind noch nicht auf ihrem Weg des wahren SEINS, dem ureigenen Weg hinein in die Energie des Erdenengels, mit der unermesslichen Intelligenz der lichtvollen Herzenskraft verbunden, die sie sehend und hörend macht, sie EINS werden lässt mit der Liebe des GROSSEN GANZEN.

**Nimm Deine Gedanken ins Joch
und konzentriere Dich auf das,
was Du von Herzen begehrst.
Herzenswünsche sind auch Gottes Wünsche.
Sie entstammen der Liebe;
und sie dienen allen Geschöpfen
auf der Erde.**

Arbeite mit am großen Werk und dann lasse alles los und überlasse Gott seinen Plan für Dein Leben im HEUTE, im HIER und im JETZT.

Alles Leben fängt mit Mutter an.
Die Erde ist Deine Mutter.

Das Mutterprinzip bedarf der Heilung. Lebe im Frieden mit dem Mutterprinzip!

Mutter – Mater – Materie, alles ist verbunden; alles ist EINS.

Ehre und achte Deine Eltern, auf dass es Dir wohlergehe auf Erden (das vierte der Zehn Gebote im Neuen Testament).

Der Frieden mit der leiblichen Mutter stellt Dich auf stabile Beine. Er schenkt Dir einen gesunden, wohlgeformten Körper und eine kraftvolle Verwurzelung in Mutter Erde, auf der Du ein glückliches, sattes Leben im Wohlstand aufbauen kannst.

Vergib Deiner Mutter, wenn eine Vergebung ansteht. Eine Mutter macht Fehler. Irren ist menschlich! Vergib ihr und befreie sie, damit auch Dir eines Tages vergeben werden kann und Du befreit wirst von Deiner Schuld, die schwer wiegt, wenn sie nicht in die Vergebung gebracht wird.

Vergib auch Dir selbst, wenn Du Dich als Menschenkind geirrt hast, Deiner Mutter Leid zugefügt hast. Du darfst Fehler machen und sie korrigieren.

Durch die leibliche, von Dir geliebte Mutter hindurch, führt der Weg zur Mutter Erde, zur Materie. Soll sie Dich ernähren, dann reinige die Kanäle und sende Liebe aus, bis Du die Wurzeln mit Licht erfüllt siehst. Sei lieb zu der Hand, die Deinen Tisch deckt!

Sei in Harmonie mit dem Boden, der Dich ernährt! Es ist der Wille Gottes, Dich in einem gesunden, wohlgeformten Körper mit einer kraftvollen Verwurzelung in Mutter Erde innerhalb eines glücklichen, satten Lebens, im Wohlstand und in Deiner vollen Größe und Schönheit glänzen zu sehen. Du bist **SEIN GELIEBTES KIND!**

Gott lässt Dich wissen, dass Du für Deine leiblichen Eltern nichts kannst. Viel zu viele Eltern versagen aufgrund mangelnder Reife. ‚Du vermagst es‘, sagt der Himmlische Vater, ‚besser zu Dir zu sein, Dich selbst zu lieben, Dich zu achten und zu ehren‘. Werde erwachsen und sei Dir selbst die allerbeste und liebevollste Mutter, die es auf der Erde gibt und die Du verdient hast.

Gott gibt zu verstehen, dass viele Frauen **nur** Mütter sind und ihre Ehemänner vernachlässigen, Dir dadurch Dein zufriedener leiblicher Vater genommen wird.

Ebenso möchte Gott Dich darüber in Kenntnis setzen, dass ER sieht, dass es unzählige mütterliche Glucken gibt, die den Vater nicht gelten lassen, ihre Eifersucht in die Familien tragen und somit den innerfamiliären verbindenden und stärkenden Liebesfluss blockieren. Gott sieht alles. ER mischt sich nicht in Menschenleben ein; es sei denn, ER wird darum gebeten."

Die Hand, die die Wiege bewegt, bewegt auch die Welt.

(Geschrieben von Frau Fridel Müller, 1993)

Wenn die Frau aufhört, ihr liebefähiges Herz in der richtigen Weise zu verströmen, wird es kalt in der Welt. Die mütterliche Frau meistert den Kreis, der ihr anvertraut ist, in Liebe, in selbstlosem Dienst. Sie gibt den Kindern sichere Führung und sie ist der Halt für alle, die ihr anvertraut sind.

Im Schöpfungsplan Gottes ist die Frau dem Manne zugedacht als liebende Gefährtin, als Mitwirkende, als friedliebende, als schöpferische Kraft, als Wind im Segel des Mannes. Ihren fleißigen Händen, ihrem klaren Verstand, ihrem Sinn für alles Schöne, sind die Gestaltung des Heimes, die gesunde Ernährung und alle Notwendigkeiten des Lebens anvertraut. Ihre Anmut und Freundlichkeit sollen das Haus mit frohem Leben erfüllen.

All dies gibt die wunderbare Geborgenheit und die Atmosphäre, in der die Kinder gesund und glücklich aufwachsen.

Zur mütterlichen Frau gehört auch das Schweigen-Können, das Warten-Können, auch einmal ein Unrecht, eine Schwachheit zu übersehen, zu schonen, zu bedecken, das ist eine Tat der Barmherzigkeit und eine Wohltat.

So wird die Frau zum lebendigen Quell echten Lebens. Die guten Mütter sind auch die Trägerinnen der Kultur, auch die Trägerinnen der Nation.
Und so bewegt die Hand, die die Wiege bewegt, auch die Welt!

Große Anerkennung gebührt der einst herzensgütigen Frau Fridel Müller (1907–1996).

„Ein Baum fängt zu leben an, sobald er sich in die Erde bringt. Mit den Menschen ist das ebenso. Die Erdenmutter gibt den sich einwurzelnden Seelen das Leben auf der Erde.

Die Seele aus Gottes Welt will auf die Erde kommen und gesehen werden. Hierfür bedarf sie der Materie, die ihr dies ermöglicht. Wenn der Atem = Odem, der Strom von Kopf bis zu den Fußsohlen durch den ganzen Körper hindurchgeatmet wird, dann findet über die Füße die Erdung statt. Jetzt wachsen der Seele, die an Mutter Erde angedockt hat, Wurzeln und sie fängt auf der Erde im Körper anhand dieser Verbindung das Leben an.

Danke für mein irdisches Leben, das durch Dich, Mutter Erde, erst möglich wurde!
Am allerletzten Tag erweisen wir der Erdenmutter noch einmal alle Ehre.

Was Mutter Erde gegeben hat, das fordert sie zurück. Erst dann findet die Seele ihre Ruhe, wenn sich dieses Gesetz feierlich andächtig erfüllt sieht.

Wir danken Mutter Erde auch dafür, dass wir sie als letzte Ruhestätte für die vielen verstorbenen Erdbewohner benutzen dürfen. Wie viele tote Körper deckt Mutter Erde zu und verwandelt sie in Erdmaterial?!

Mutter Erde tut so viel mehr für uns, als wir jemals für sie tun könnten."

Das Vaterprinzip

Liebste Mia: „Das Vaterprinzip bedarf ebenso der Heilung. Lebe im Frieden mit dem Vaterprinzip.

Der Frieden mit dem leiblichen Vater gewährt Dir auf der Körperebene den freien Fluss im Nervensystem. Der heilsame Vatergeist stärkt Dein Rückgrat und fördert Deine Intelligenz.

Wir kommen zum Gottesvater nur durch die Liebe zum leiblichen Vater. Der Frieden und die Liebe zum irdischen Vater öffnen die Tore zum Himmlischen Vater. Wenn Du Deinen irdischen Vater ehrst und achtest, erlangst Du Zugang zum großen Gottesgeist, der Dich versorgt mit seinem Geist der Orientierung innerhalb der Gottesordnung.

Wenn Vergebung ansteht, dann vergib, auf dass Dir eines Tages vergeben werden kann.
Vergib auch Dir selbst, wenn Du Dich als Menschenkind geirrt hast, Deinem Vater Leid zugefügt hast. Du darfst Fehler machen und sie korrigieren.

Es ist der Wille Gottes, Dich mit einem kerzengeraden, aufrichtigen Kreuz, erfrischt durch den heilsamen Geist, in Deiner vollen Größe und Schönheit glänzen zu sehen. Du bist **SEIN GELIEBTES KIND!**

Gott spricht zu Dir, dass Du für Deinen leiblichen Vater nichts kannst. In viel zu vielen Vätern wütet ein Machthaber, der das Muttersein verhindert und Dich Deiner liebenden leiblichen Mutter beraubt.

Gott trauert über viele versagende Erwachsene, die unfähig sind, zu lieben, zu achten und zu ehren, ihren Kindern ein geheiltes Rückgrat und den gesunden Boden zu gewähren.

Einzig und allein mit einem bärenstarken Rückgrat und mit der kraftvollen Verwurzelung in Mutter Erde ist ein gesundes und widerstandsfähiges Leben möglich.

Sei Dir selbst der allerbeste und liebevollste Vater, den es auf der Erde gibt, den Du verdient hast.

**Wir kommen zu Gott Vater
nur durch die Nächstenliebe,
die durch die Menschen hindurch wirkt."**

Jesus spricht: „Ihr kommt zum Vater nur durch mich. ICH BIN der Weg, die Wahrheit und das Leben (Johannes 14:6)!"

„Hübsche Mia, alle Menschen brauchen Liebe. Lebe die Liebe, die Gott Dir geschenkt hat! Nur um die Liebe geht es auf der Erde. Nur die Liebe zählt und sonst gar nichts!

Am Ende aller Tage, was meinst Du, was wird zählen, was nimmst Du mit, was öffnet die Pforten zum Licht, was hinterlässt Du den Deinigen? Die Liebe ist die innere Verbindung zu allem und zu allen. Bleibe verbunden! Wer sich abschneidet, der begeht einen Fehler.

Ehe Du Dich morgens auf den Weg begibst, gehe in die Stille Deines inneren Kämmerleins und frage ab, wohin Dein liebendes Herz Dich heute tragen möchte.

Es ist von großer Bedeutung, dass Du alle Deine Wege mit Deinem Herzen gehst. Viele Menschen gehen herzlose Wege. Gehe keinen Weg ohne Dein Herz. Die Menschen sind von Gott auf die Erde geschickt worden, um Herzenswege zu gehen und um mittels der Herzensliebe die Erde zu einem liebevolleren Ort zu machen.

Mia, fühle Dich hinein in die Worte des Hohelied der Liebe.

Alles heilt, alles vergibt, wenn Du nur in der Liebe bist und goldenes Licht ausstrahlst."

Das Hohelied der Liebe (1. Korinther 13):

Die Liebe ist langmütig und freundlich.
Sie kennt keinen Neid, keine Selbstsucht.
Sie prahlt nicht und ist nicht überheblich.
Liebe ist weder verletzend
noch auf sich selbst bedacht,
weder reizbar noch nachtragend.
Sie freut sich nicht am Unrecht,
sondern freut sich,
wenn die Wahrheit siegt.
Die Liebe erträgt alles,
sie glaubt alles, sie hofft alles und hält allem stand.
Die Liebe hört niemals auf!

Das Hohelied der Liebe rührte Mia zu Tränen. In ihrer bisherigen Welt war sie mit Worten der Würde nicht gerade überschüttet, noch gesegnet worden. Begeistert ließ sie sich vom herzerwärmenden sanften Hauch des neuen Lebens ummanteln.

Gut Ding will Weile haben. Wir legten eine zweiwöchige Pause ein, um die vielen neuen Gedanken in Mias Seele Wurzeln fassen zu lassen. Das Leben würde später sowieso alles Erlernte auf die Probe stellen wollen.

„Liebe Mia, Gott sagt, wir sollen die Liebe immer wieder herbeirufen!

Die Liebe will herbeigerufen sein, sonst kommt sie nicht. Rufe laut, singe sie herbei, und sie wird Dich finden. Dann lade sie zu Dir ein. Wie die Kirchenglocken die Menschen herbeirufen, so rufe Du das Allerheiligste, Allermächtigste, Allerbeste und das Allerwertvollste, die Liebe, herbei!

Rufe auch täglich Deine Seele an!

**Wenn sie sich fern von Dir aufhielte,
Du würdest sie zu Dir zurückrufen können
anhand von liebevollen Worten und,
wenn Du sie beim Namen nennst.**

Die Seele trägt Deinen Namen!

Erzähle ihr: ‚Seelchen … (nenne ihren Namen), Du bist wunderbar, Du bist wertvoll, geachtet, eingehüllt und durchdrungen von goldenem Licht, dem Licht der Liebe, das mein Herz und mein Geist Dir zukommen lassen. Ich liebe Dich mit meinem goldenen Herzen; ich liebe Dich mit all meiner Geisteskraft. Und ich weiß, dass es ein Leben auf der Erde nur mit Dir gibt und dass Du mir meinen Wert verleihst, da Du mein Inhalt und meine Erfüllung bist.'

Die Menschen hören Dir gerne zu, liebe Mia!

Wage Dich an das große Wunder des ganz Besonderen und Einzigartigen in Dir selbst heran. Finde Sicherheit und Halt in Deinem Inneren. Lerne, den Menschen zu vertrauen, denen Du freudig zuhören magst, und die mit offenem Herzen lauschen, wenn Du sprichst.

Ich liebe es, wenn Du erzählst. Du hast sehr viel zu sagen und Deine Worte schwingen in meinem Herzen noch lange nach. Glaube, dass die Menschen Dich wahrnehmen und Deine Liebe in Deinen Augen sehen können. Nicht alle Menschen vermögen dies, aber sehr viele.

Bleibe Dir selbst treu und höre gänzlich auf, destruktiv zu denken! Überfordere Dich nicht weiter für ein bisschen Lob und Anerkennung von außen. Vergeude Deine Atemzüge nicht mit sinnlosem Tun!

Dein Inneres ruft Dir zu, dass Du außergewöhnlich, ja, edel bist!

Dein Leben gehört Dir. Es ist ein Geschenk an Dich. Nimm es an, nimm es in Deine Hände und mache etwas Gutes daraus! Packe mutig Deine Gabe an und schenke sie der Erde wieder.

Wo die größte Angst herkommt, da geht es lang! Denn da fehlt die Liebe. Laufe los, überwinde (Wind = Atmung) die Angst und gib Liebe hinein! Befreie Dich von Deinen uralten Lähmungen! Lege Mut an den Tag! Zeige Dich und Deinen goldenen Kern! Trage das Liebeslicht auf Deiner Stirn. Befreie zuallererst Dich und dann alle Menschen, denen Du begegnest, die gerne von Deiner Liebe und Deiner Leichtigkeit angesteckt werden mögen!

Sei ganz da, bleibe bei Dir selbst, ungeachtet aller äußeren Umstände!

Liebenswertes schönes Menschenkind, im Namen der Liebe ruft Dein Schöpfer Dir immer wieder zu, dass Dein

Weg nach innen führt, hin zum goldenen Altar Deines Herzens, auf dem ER Dein Leben für Dich bereitet.

Wenn Dich die Menschen auf die Probe stellen, ob Du gefestigt bist, dann prüfe Dich selbst.

Die Aufmerksamkeit auf die innere reine Liebe zu lenken und Gott in Dir treu zu bleiben, egal, was passiert, das ist die größte Herausforderung in Deinem Leben.

Jedes Kind ist ein Kind der Liebe des Himmlischen Vaters und der Mutter Erde.

Nur diese Liebe vermag es, das Wunder der Menschwerdung in einem Mutterleib zu verwirklichen.

Die Eltern dürfen ihre Liebe dazugeben. Sie willigen ein, die Kinder zu begleiten, damit ihre eigene und die Liebe ihrer Sprösslinge heranreifen kann. Wenn die Eltern diese Bereitschaft nicht aufbringen können, sie ihre Herzen in der Anwesenheit der goldenen wunderschönen Engel nicht zu öffnen vermögen, dann ist das schade und traurig für alle, aber nicht von gravierender Bedeutung für das Überleben der Neuankömmlinge. Der Himmlische Vater bittet seine Schutzengel, alle Kinder in wärmende Liebe einzuhüllen. Wenn Gott will, dass Kinder geboren werden, dann werden sie geboren. Und wenn Gott will, dass Kinder aufwachsen, dann wachsen sie auf, ungeachtet aller äußeren Umstände. Im Licht sieht Gott alles und doch hört auch ER niemals auf, ein liebevolles Nestlein für seine Schützlinge zu erhoffen.

Gott gibt Leben, Gott gibt Liebe und Gott schenkt die Gaben und begleitet und ernährt seine Söhne und Töchter, zusammen mit Mutter Erde. Dies gelingt ihm noch besser, wenn die leiblichen Eltern diese frühzeitig loslassen und sie freigeben. Dann nimmt ER den Platz der Eltern ein und nimmt sich ihrer in Liebe an.

Gottes Pläne für ein Menschenleben weichen in den meisten Fällen ab von den Plänen der Eltern. Deshalb ist es wichtig und entscheidend, dass die Jugendlichen die Bequemlichkeit der Elternhäuser aufgeben und mutig ihr eigenes Leben gestalten, frei und nach ihrem Herzensruf.

Gott macht keine Fehler. Und gar nichts überlässt ER dem Zufall.

In die Körper der vielen scheinbar ungeliebten Kinder hat der Schöpfer die stärksten Seelen gelegt, um der Erde die Liebe zu bringen.

Abgelehnte Kinder sind belastbarer als viele verhätschelte Wunschkinder. Sie haben frühzeitig das Kämpfen und das Überleben trainiert.

Ihr Geist, da durch zu müssen, egal, was es auch an Anstrengung kosten möge, begleitet sie für immer.

Sie sind tapfer. Sie ziehen siegreich durch ihr Leben. Sie mussten lernen, sich für Lebens- und Lohnenswertes einzusetzen. Sie wissen, dass mittels der Gotteskraft alles möglich ist. Sie sind dankbar; denn nichts ist für sie selbstverständlich. Sie wertschätzen Kleinigkeiten und sie wissen, dass der Mensch mit der eigenen Hände Arbeit das Geld verdienen darf. Sie handeln aus der Liebe, aus der Selbstliebe heraus, und sie erwarten nichts von anderen. Sie sind die Meister ihres Lebens. Notsituationen lösen sie mit Bravour. Sie erbitten wahre Eltern. Sie entscheiden sich für Gott Vater und Mutter Erde.

Vertraue Dich gerne den einstmals Ungeliebten an, die **Verantwortung übernehmen und vergeben können**.

Große Aufgaben setzen große Charaktere voraus. Sie lassen Dich nicht fallen. Sie erkennen und erfassen die vom Leben bedrohten Wesen und nehmen sich ihrer an, um sie aus den Engpässen zu befreien, in denen sie selbst einst für das Leben kämpfen mussten.

Gott liebt seine scheinbar Ungeliebten und Gott liebt alle Geliebten und Verhätschelten. Vor ihm sind alle gleich. Und jedes Gotteskind bekommt die gleiche Chance auf ein zufriedenes glückliches Erdenleben.

Das Allerbeste ist schon auf dem Weg zu Dir!

Erst dann, wenn Du zu Dir selbst kommst, dann kommt alles zu Dir, dessen Du bedarfst.

Sei bei Dir und alles kommt zu Dir. Sei einfach nur da, wenn es kommt, um es in Empfang zu nehmen.

Alles was geschieht, dient uns Menschen. Wir können es im Geiste noch nicht erfassen. Gott sieht das Ganze. Das Große sieht das Kleine; das Kleine sieht das Große nicht.

Gott braucht für die anstehenden Aufgaben alle seine Kinder in der Kraft der Herzensliebe, um die Erde zu einem besseren Planeten zu machen."

Gott spricht am 10. April 2021: „Mensch, nimm den Ungehorsam ins Gewahrsein!"

„Liebe Mia, wenn die Erdenbürger ihren Herzen nicht mehr zuhören, in Gott nicht mehr lauschen, ihr eigenes Profitdenken durchsetzen und damit seine Schöpfung zerstören, dann stürmt, donnert und blitzt der Allmächtige Geist einmal über die Erde und demonstriert allen seine Größe. ‚Wer bis zu diesem Tag noch nicht in der Liebe ist', sagt Gott, ‚nicht mit ihr verbunden ist, der erfährt Leid.' Gott, der die Liebe ist, rückt dann zurecht, was verbogen ist. Die mit ihm Verbundenen spüren seinen Willen und danken voller Demut für die Ausrichtung. Die Entrückten, es sind inzwischen sehr viele geworden, die über Gott lachen und spotten, lässt er seinen Zorn erfahren.

Gott sagt: ‚Jetzt, wo die Erde jeden Fuß braucht, da kneift ihr, meine Kinder und haut ab. Bringt endlich eure Füße auf die Erde zurück! Kommt alle wieder runter! ICH brauche euch! ICH brauche jeden Fuß!'"

„Mia, in vielen Stunden haben wir über Gott und seine Welt geredet. Dein Geist hat Feuer gefangen, wie Du sagst.

Dieses allumfassende Wissen, das Du in klaren wachen Nächten in Dich hineinfließen lässt und das die Tiefen Deiner Seele berührt, verändert Dein Leben; es bereichert Deine Welt. Und ich sehe, wie freundlich Du ihm Einlass gewährst.

Du weißt jetzt, worum es wirklich geht!
Streife alles von Dir ab, was nicht zu Dir gehört!
Zeige den wertvollen Engel, der Du in Wahrheit bist!
Stehe zu Dir selbst!
Erfülle Dich selbst!
Die Menschen brauchen Deine Liebe!
Höre im Atem das Wort des Schöpfers!
Deine Aufgabe erwartet Dich!
Merke Dir:
Nur die Liebe zählt und sonst gar nichts!

Kind Gottes, erlaube mir, Dir die Energie der Erdenengel vorzustellen!

Du entscheidest aus Dir selbst heraus, ob Du diesen Zukunftstraum, dieses innere Verlangen, mit mir teilen möchtest.
Wenn Du eines Tages Deinen Traum erfüllt siehst, Dich ganz und gar entpuppt hast, Dein Engelgefühl wahrnimmst, dann geht es Dir immer gut. Die Menschen

scharen sich um Dich. Sie lieben Deinen hellen wachen Geist, der sie ermuntert und sie auf andere Gedanken bringt. Wenn sie einen kurzen Augenblick mit Dir verbracht haben, dann ziehen sie glückselig von dannen.

Viele Menschen werden Dich regelrecht bestürmen. Beizeiten vermagst Du, Dich liebevoll abzugrenzen und auf Dich selbst aufzupassen.

Erdenengel sind die Liebe in Person, und sie mögen ihr Licht emsig verteilen. Sie sind Gebende. Jedoch, sie sind Menschen und verfügen nur über eine gewisse Anzahl von Atemzügen.

Gib acht auf Deine Atemzüge!

In Deinem Wirkungskreis machst Du alle zufrieden. Du redest nur gut. Du baust alle auf. Du bist stets dankbar. Egal, was Gott Dir gerade auf Deinen Weg legt, Du nimmst es als Geschenk dankend an. Du weißt, dass alles, was auf Dich zukommt, Deiner Entwicklung dient und Deinen Glauben festigt.

Du veränderst böse in gütige Wesen. Du gibst denen Hoffnung, die nicht mehr glauben. Deiner Herzenswahrheit schenken sie Vertrauen. Du bringst Frieden, wo immer Du gehst und stehst. Du meinst es ehrlich. Deine

Körperhaltung zeugt von Deiner Aufrichtigkeit im Geiste. Gradlinigkeit lehrst Du die Menschen. Sie nehmen jede Lektion gerne von Dir an, weil Du als leuchtendes Vorbild, voller Bescheidenheit und bodenständig vorangehst.

Du erzählst ihnen vom Auge Gottes, das tiefer blickt. Das Auge Gottes schaut auf den inneren Engel im Menschen. Gott hat nur Engel auf die Erde gesandt. Richte Dein Auge auf die Liebe. Sieh alles im besten Licht. Schaue nicht auf Verirrungen. Schaue auf den goldenen Kern, auf dass das Lebewesen an seine unantastbare Würde erinnert werde und zur Wahrheit zurückfindet.

Und, wenn Du einmal ermüdest, dann hältst Du Rücksprache mit dem Gottesgeist. Du ziehst Dich einige Tage in die Stille zurück, atmest konzentriert und sprichst mit dem Himmlischen Vater, intensiver denn je. ER speist seine Erdenengel mit Zuversicht und noch tieferem Glauben an das Wahre und Deine Verbundenheit mit der Liebe wächst in solchen Tagen ins Unermessliche.

Danach kannst Du Dich frohgemut wieder ins Leben stürzen und Deinen Schwestern und Brüdern im Herrn Halt und Stütze sein.

Den Erdenengeln gedeiht alles zum Allerbesten. Alles gelingt ihnen, was sie anpacken. Sie atmen tief und besprechen im JETZT jeden Schritt mit dem Schöpfer aller Dinge. Und dann laufen sie im Vertrauen auf den Erfolg einfach los. Alles fällt ihnen zu, wessen sie bedürfen. Sie wundern sich oft und manchmal überhaupt nicht mehr. Gott ist großartig!

‚Lieber Gott, das ist wieder so genial, das kann nur von Dir gekommen sein. Typisch Gott, Du bist der Hit! Das Leben mit Dir ist dermaßen schön, so einfach und so lustig!‘

Viele Menschen zeigen sich sehr klug und lernen gerne von den Erdenengeln.

Liebes aufmerksames Mädchen, als Erdenengel wirst Du das Sprachrohr Gottes sein. Du kannst die diesseitige Welt mit der jenseitigen verbinden und vielen Seelen das Leben retten, zuallererst der deinigen.

Sprich mit den sichtbaren Engeln, wo immer Du eine Möglichkeit geboten bekommst, und unterhalte Dich mit Deinen unsichtbaren Engeln am Tag und in der Stille der Nacht.

Gott ist mit Dir und ER sagt: ‚Die Sterne sind Deine Begleiter. Gehe immer unter einem goldenen Stern, damit er Dich mit seinem Licht durchfluten und erfüllen kann. Und dann segne die Menschen im Namen von Jesus Christus. So nur treibst Du ihnen den Satan aus den Leibern. Das Licht des Allerhöchsten erträgt der Widersacher nicht.‘

SEI im Geiste des Allerhöchsten ein Erdenengel und

bringe der Erde, der gesamten Schöpfung, allen Lebewesen darin, darauf und darüber die Liebe und stehe ihnen bei in ihrer Heilung an Körper, Geist und Seele. Wisse, dass im Auftrag Gottes viele Geschöpfe auf der Erde unterwegs sind. Du triffst die Guten überall.

Liebe Mia, glaube mir, dass es nichts Schöneres gibt, als demütig und dankbar der Liebe zu dienen. Es lohnt sich mehr als alles andere auf der Welt.
Mögest Du eines Tages glücklich und zufrieden sagen können: ‚Mein Leben ist von goldenen Taten durchzogen (Johannes 2,1-6, An ihren Taten sollt ihr sie erkennen ...)!‘

Mia, wir brauchen Dich!

Nur die Liebe heilt!

Die Menschen sind großzügig und überaus dankbar. Wenn sie Deinen Geist beanspruchen oder Deine segnenden Hände auf ihren Herzen fühlen möchten, durch Deine Präsenz Linderung erhoffen, dann beknien sie Dich und bitten um Deine Hilfe. Mit Gott wird Dir alles gelingen, weil ER es so will.

Du bleibst demütig und antwortest: ,Nicht ich habe Dir geholfen. Ich bin Gottes Werkzeug. Es ist die Schöpferkraft, die durch mich gewirkt hat. Gott, der Vater im Himmel wollte, dass Du wieder glücklich bist.'"

Erdenengel identifizieren sich mit dem Licht.

Kindliche und reifgewordene erwachsene Erdenengel nehmen das Leben leicht, weil sie sich nicht mit dem materiellen Körper identifizieren.

Sie leben in der Welt in ihren Körpern; sie sind nicht ihre Körper. Sie sind das Licht in ihren materiellen Meisterwerken.

Die Seelen sind nicht von dieser Welt. Sie leben darin (Johannes, 18:36). Ihre Welt ist die Welt des Lichtes und der Liebe, die Welt Gottes mit allen ihren Gesetzen. Die Göttliche Ordnung ist ihr Zuhause.

Erdenengel empfinden während der ersten 49 Lebensjahre (ausgenommen die ersten 7 Jahre) den Körper als schweren Ballast. Sie schleifen und feilen an ihrer Fleischeshülle herum, nach Freiheit und Leichtigkeit strebend. Sie kuren, enthalten sich der Nahrung und treiben blindwütig Sport, bis sie dann eines Tages erfahren, dass es die ausgehungerte Seele ist, die nach Sättigung im Sinne von Liebe, Respekt, Wertschätzung und Aufmerksamkeit ruft und in die Leichtigkeit geatmet werden möchte. Die Materie folgt immer dem Geist. Das ist ein Schöpfungsgesetz. Die Leichtigkeit in der Seele, primär sind es die lichten Gedanken der Wahrhaftigkeit im Geist, die sich in die Seele als Leichtigkeitsgefühl senken, baut den Körper um in seine von Gott gegebene Statur. Jetzt ist alles stimmig!

Die neu erworbene Identifikation mit dem Licht ist ihr Durchbruch in die Leichtigkeit. In diesen Erleuchtungsmomenten, wenn ihnen ein Licht aufgeht, ihnen leicht ums Herz wird, sind sie auf ihrem Lichtweg angekommen und sind eingeladen, von nun an bewusst der Schöpfung als Erdenengel zu dienen. Sie bleiben immer frei in dieser Entscheidung. Sie sind **sehend** geworden. Und nichts könnte ihnen mehr Freude bereiten als Gott, der die Liebe ist, zu dienen.

Sie erkennen das Licht, von nun an auch die Dunkelheit. Tränenden Auges nehmen sie wahr, dass ihr Egoismus sie viel zu viele Jahre gefangengehalten hat. Jetzt erst empfindet ihr geklärtes Herz die Notwendigkeit, über den eigenen Tellerrand hinauszuschauen, sich völlig neu zu inspirieren und den Menschen ihre Liebe zuteilwerden zu lassen.

Im Kleinen fängt alles an!

Die ganze Erde und alle Lebewesen darauf und darüber heilen, wenn ein Herz das andere in einer zärtlichen Umarmung ansteckt. Lassen wir uns von Liebe infizieren und in dieser überdimensionalen Kraft heilen, alle miteinander. Niemand schafft das Leben völlig allein.

Jesus spricht: „Liebt einander. Wie ich euch geliebt habe, so sollt auch ihr einander lieben (Johannes, 13,34)."

Nur gemeinsam sind wir stark. Alles ist geschaffen für das Zusammenwirken, für das Miteinander.

Bitte

Oh, Gott!
Für alle – alle bitt' ich Dich,
Lass' wachsen sie ins Licht.
Und keines möge irre geh'n,
Und keines tief im Dunkel steh'n,
Und Niemand ohne Dich!
Oh Gott!
Lass' wachsen uns in's Licht.

2. August 1928

Frau Fridel Müller (1907 bis 1996) hat in Konstanz und in Meersburg gelebt. Sie war eine liebevolle Mutter von acht Kindern und eine großartige spirituelle Dichterin.

„UND WENN NOCH EINER OHNE LIEBE IST," sagt Gott, **„DANN GEHE HIN UND UMARME IHN SO LANGE, BIS DEIN GOLDENES HERZ SEIN HERZ BERÜHRT UND DIE LIEBE IHN ERFÜLLT."**

Wenn du, liebes Erdengeschöpf, den Weg des Erdenengels gehen möchtest, dann lasse dich von Gott in die Lehre nehmen und höre aufmerksam mit Deinem Herzen zu:

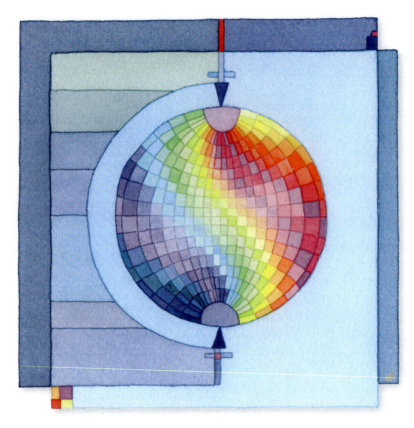

In einem Augenblick
des vollendeten Gedankens

trug es sich zu, dass der unendliche Gottesgeist, der
die Liebe ist, sein sanftestes, gütigstes Himmelskind
zu sich rief.

Eine Seele, strahlend schön, rein wie Gold, klar wie der Spiegel eines Bergsees, weise und klug, die Tatkraft und die Stärke selbst, Gottes vollendetes lichtvolles Ebenbild, sollte die Menschen auf der Erde an die Herzenswahrheit erinnern.

Gott hatte während mehrerer Erdenumläufe um die Sonne beobachtet, dass Glaube, Liebe, Hoffnung, Weisheit, Mäßigung, Toleranz, Geduld, Großzügigkeit, Offenheit, Ehrlichkeit, sowie Humor, Freude und viele andere Tugenden auf der Erde von Zeit zu Zeit rarer wurden. Da erinnerte ER sich seines Gänseblümchens, auch Himmelsblume, Marienblümchen und Kleinstes Allheilkind genannt, dem ER die Reinheit Gottes, des Lichtes, beimaß.

ER wünschte sich die goldene, begnadet aufrichtige und unvergleichlich bescheidene, stets zufriedene Seele herbei:

„Geliebtes Gänseblümchen, auf der Erde sind die Menschen traurig und schwermütig geworden. Ihr Lachen, ihre Fröhlichkeit und die Leichtigkeit sind vielen von ihnen abhandengekommen.

Ihr Leben sei sinnlos und ermüdend, so klagen sie. Sie haben vergessen, wofür sie auf die Erde hinabgestiegen sind. Die Selbstliebe und der daraus resultierende Respekt vor der eigenen Person und vor allen anderen Geschöpfen sind in den Hintergrund geraten. Sie nehmen Unwesentliches ernst und Wichtiges, Wertvolles verkennen sie. Anstatt in ihren lichtvollen Herzen die Liebe abzuholen, verbunkern sie den inneren Himmel und übrig bleibt die Angst, die sie lähmt. Diese Angst packen sie nicht beim Schopfe, indem sie ihr das Licht der Liebe, den Geist der Freiheit entgegensetzen und ihr den Garaus machen. Sie haben das Beten verlernt und die innere Sicherheit und den Halt verloren.

Sie haben meinen Sohn, Jesus, den Christus (der Gesalbte, galt als religiöses Ritual der Heiligung), den Retter der gesamten Menschheit vergessen.

ER war ein bedeutsamer, edler Mensch wie alle meine Erdenkinder auch. Jesus hat in der Stille gelebt; und ER hat meine Stimme der Liebe vernommen, blieb seinem inneren Fühlen treu, hat meinem Wort Glauben geschenkt und alles mit mir, seinem Geistigen Himmlischen Vater, besprochen.

Jesus habe ICH als strahlendes Vorbild auf die Erde gesandt. Vorbilder begeistern die Menschen; sie erheben die Seelen, bauen den Geist auf und erfüllen die Herzen.

Mein Sohn hat die menschlichen Verfehlungen am Kreuz zur Vergebung in MEINE HÄNDE gelegt. Im größten Schmerz hat Jesus gebetet: ‚Vater, vergib ihnen; denn sie wissen nicht, was sie tun (in ihrer Bodenlosigkeit und der daraus resultierenden Orientierungslosigkeit)!'

Jesus hat die Botschaft in die Welt getragen, dass das Gute immer den Sieg erringen wird, himmelhoch über dem Bösen steht, die Liebe die Königin auf der Erde ist, und in der Vergebung am Kreuz die Befreiung meiner Erdenkinder liegt.

ICH bitte Dich, geliebtes Gänseblümchen, wenn Du auf der Erde angekommen und in Deine Erdenengelflügel hineingewachsen sein wirst, erzähle Du den Menschen von Jesus und der Vergebung. Mögen die Verbitterten ihren Nächsten vergeben, wie ICH ihnen allen vergebe, wenn sie darum bitten; denn sie wissen in ihrer Bodenlosigkeit, fernab jeglicher Orientierung, die der Widersacher verursacht, nicht, was sie tun.

Erzähle den Menschen, dass ihr SEIN wesentlich ist.

Das SEIN ist ewig. ICH BIN die Liebe. ICH BIN das Licht. ICH BIN die Wahrheit. ICH BIN der Weg. Einzig und allein das wahrhaftige SEIN zählt. Lebt im SEIN und nicht im Haben. Haben ist von kurzer Dauer. Ist der Sinn, das SEIN verloren, dann ist das Leben verloren.

Lebt ein von Sinn erfülltes Leben!

Mein Allheilkind, auf der Erde werde ICH Dich langsam und mit Bedacht an Deine Aufgaben heranführen. Du wirst über Jesus, Deinem allerbesten Freund in Deinem Herzen erzählen und die Menschen in Deinen Bann ziehen.

ICH brauche gerade Deine Hilfe und ICH bitte Dich, mit Deinem Humor, Deiner Begeisterungsfähigkeit und Deinem sanften Wohlwollen auf die Herzen meiner Erdenkinder einen befreienden Einfluss zu nehmen. Dein Frohsinn und Deine Lebenslust sollen zusammen mit meiner Freude in die beschwerten dunklen Seelen und Herzen hineinleuchten, auf dass alle Erdenkinder wieder aufgerichtet und im Licht neu werden."

ICH baue eine neue Erde.

„ICH, der ICH Gott, der Schöpfer BIN, baue eine neue Erde. Und um diese von den Menschen noch nie gesehene, nie erlebte Erde zu erschaffen, brauche ICH meine Kinder in ihrer Leidenschaftlichkeit, in einem erweiterten, gestärkten Bewusstsein. ICH brauche auf der Erde alle Begabungen, die ICH in die Herzen lege, um meine Erde und alles, was darin, darauf und darüber lebt, zu heilen.

Liebes Gänseblümchen, hilf Du mir, den verworrenen Geist der Menschen zu ordnen, und sage ihnen, worum es in Wahrheit geht!"

Gott erwählt mit Vorliebe die bescheidensten Seelen für seine herausragenden Erdenaufgaben. In diese außerordentlichen Dienste stellt ER die lichtvollsten Wesen des Himmels, die sich trauen, unerschrocken als Werkzeuge in GOTTES HAND auf der Erde in Erscheinung zu treten.

„Lasse uns gemeinsam die Erde erobern,

mein Allheilkind. Erzähle Du meinen Menschenkindern von ihrem Wert. ICH habe ihn in ihre Herzen gelegt.

Sprich über ihr ewiges, unendliches SEIN als Lichtseelen in der Ewigkeit und verdeutliche ihnen die verhältnismäßig kurze Verweildauer ihrer Lichtseelen in ihren materiellen Körpern auf dem Erdboden. Gewinne sie für meine großen wunderbaren Projekte. Zeige ihnen ihr inneres Genie und demonstriere ihnen, wie leicht (licht) ihr Leben werden kann, wenn sie diese Originalität nach außen tragen und in der Welt zum Leuchten bringen.

Ihnen allen ist das Glück beschieden, auf der Erde tätig sein zu dürfen und im Namen der Liebe Wunder zu vollbringen. Wenn ihr Herz für die Liebe schlägt, dann wird ihr Leben ein Traum!

Paradiesische Erdenstunden werden sie erfrischen, wenn MEIN PLAN als ihre Herzenswahrheit sich auszudrücken beginnt."

Und Gott sprach weiter: „ICH brauche Menschen auf der Erde,

die zu sich selbst stehen, zu ihrer inneren Überzeugung, zu mir, zu ihrem Glauben an mich, der ICH das Gute BIN.

Menschenkinder, die an die Kraft des alles erhaltenden, alles erhellenden und alles durchleuchtenden Lichtes der Liebe in sich selbst und um sie herum und über ihnen glauben, die brauche ICH.

Menschen mit einem hochentwickelten Bewusstsein, die erfassen können, dass ihr inneres höchstes Selbst, **ICH BIN DAS LICHT** ist, die brauche ICH.

Diese Menschen kann ICH in meine Dienste der Nächstenliebe stellen, und sie werden mit mir zusammen voller Liebe meine Lebewesen und Mutter Erde heilen. Darum geht es!

Höre mir gut zu, geliebtes Marienblümchen: Mit mir ist alles möglich!

Es gibt keine Grenzen zwischen Himmel und Erde. Die einzige Grenze könnt Ihr selbst errichten, indem Ihr Steinmauern um eure Herzen legt und euren Geist unbewusst verkommen lasst.

In meinem Odem = Seele = Atem, den ICH euch gebe, damit ihr in allen Körperzellen und in euren Seelen reichlich Kraft entwickelt zur Lebensgewinnung, liegen Frieden, Ehre, Ruhm, Heiligkeit, Lichterglanz."

Gott legte eine kleine Pause ein, zugunsten des Marienblümchens, und dann fuhr ER fort:

„Erzähle meinen Erdenkindern von meiner Präsenz.

Lasse sie wissen, dass ICH ihnen zuhöre.

Setze sie darüber in Kenntnis, dass ICH über ihr inneres Licht mit ihnen verbunden BIN. ICH, der ICH das Licht der Schöpfung BIN, erstrahle in ihrer Mitte. Gib ihnen zu verstehen, dass ICH ihre Bitten erhöre, sofern sie der Liebe dienen. Die Lieblosen höre ICH nicht; denn dort BIN ICH nicht. Sie sind eine Entscheidung weit von mir entfernt.

Kommuniziert mit euren Herzen und mit euren Seelen!

Denke gut, mein geliebtes Engelkind, wenn Du auf der Erde mit den Menschen unterwegs sein wirst!

Erinnere meine Kinder, dass sie von Natur aus klug, weise, stark, schön, schlank, fromm, dankbar, liebevoll, friedvoll, fröhlich, wundervoll, wahrhaftig, freundlich und interessant sind. Lehre sie, sich zu besinnen, dass sie der Schöpfer, die Schöpferin, die Göttlichkeit in ihrem inneren Selbst sind. Weise sie an, am großen Plan mitzuschöpfen!

Seid alle aktiv im Namen der Liebe!

Tragt die Liebe dorthin, wo sie verlorengegangen ist!
Wisset, wer ihr seid! Ihr seid die Liebe in Person,
Wesen voller Würde, das verkleinerte Ebenbild eures
Liebenden Gottes auf Erden (1. Mose/Genesis 1/27)!

Singe, tanze, lache, und sei ein strahlendes Vorbild für die Menschen!

Mein geliebtes Kleinstes Allheilkind, wenn Du auf der
Erde angekommen bist, werden Dich meine Engel in
ein Leben voller Freude, Lebenslust und Begeisterung
hinein begleiten.

Schmerzhafte Erfahrungen, die Deine Seele weiter-
bilden, darfst auch Du machen. Es tut weh, wenn die
Angst Dich überwältigt.

Du wirst ein bewundernswertes Vorbild für die Menschen sein. Nach jeder Lebensprüfung erholst Du Dich
rasch, stehst immer wieder auf, strahlst in neuem Licht
und tanzt weiter. Deine innere Orientierung zieht Dich
stetig nach oben, am Schopfe, aus dem tiefen Sumpf,
direkt in den Herzenshimmel hinein.

Du gehst jeden Weg mit mir, und ICH rufe Dir ohne Unterlass zu:

‚Im Namen der Liebe schaffst Du alles!'

Bringe die Seelen zu mir zurück!

Wenn Du den Satan überwunden, seine Lügen entlarvt hast, ihm keinen Raum mehr gibst, vermagst Du, ihm angstfrei und mutig die Seelen zu entreißen.

Ziehe die Seelen aus den Flammen der Hölle. Biete dem bösen Geist die Stirn, indem Du ihm friedfertig entgegentrittst. Das hält er nicht aus, er geht.

Und dann, wenn das Böse zur Türe hereinkäme, würdest Du es liebevoll umarmen. Du empfändest Bedauern. Für die Macht die Liebe zu verkaufen, das zeugt von allgemeiner geistiger Armut.

ICH brauche Dich in einem unerschütterlichen Glauben an die Kraft der Liebe.

Viele Prozesse sind notwendig, damit Du die Aufgaben, die ICH Dir später abverlange, meistern kannst.

Bald wirst Du Dich mutig zu den Menschen stellen und von mir erzählen. Alle geretteten Herzen werden Dir Gehör schenken und an Dich glauben.

Mein gesegnetes Gänseblümchen, ebenjene, die Deinen liebevollen Worten Folge leisten wollen, interessiert daran sind, was Du zu vermelden hast, denen weise die Richtung. Lade sie ein und nimm sie mit auf einen goldenen Lebensweg.

Sei im Bewusstsein ein Erdenengel! Als Engel gelingt Dir alles!

Gib alles, was Du als Unrecht erkennst, in MEINE HÄNDE zur Heilung.

Lasse los und gib ab!

Rege Dich niemals auf! Bleibe in der Ruhe! Gib alles mir, was Dir zu schwierig erscheint. Lasse mich alles machen! ICH BIN der Schöpfer des Universums. ICH BIN das Licht in der Dunkelheit, das alles erhellt und heilt."

**Das Licht des Allheilkindes erstrahlte
von Mal zu Mal heller,
wenn Gottes Atemhauch
seine Seele sanft berührte.**

**„ICH, der ICH der Schöpfer BIN, habe die
Erde niemals betreten.**

ICH BIN auf meine Kinder aus Fleisch und Blut
angewiesen. ICH brauche sie alle. Jedes einzelne rufe
ICH beim Namen. Geliebtes Engelkind, mache Du mich,
so, wie ICH dies von allen meinen Söhnen und Töchtern
erbitte, auf die Missstände auf der Erde aufmerksam.

Überbringe mir die Seelen, die Dir auf der Erde
begegnen und der Rettung bedürfen.

ICH der ICH meine Kinder grenzenlos liebe, wünsche
mir, dass sie ausnahmslos auf einem weichen Sofa
kuscheln, sich verstehen und in Liebe EINS sind. Es
möge ihnen gut gehen und alle sollen voller Freude,
Frieden und Begeisterung den Boden, der sie ernährt,
bestellen.

ICH habe viel mehr von euch, wenn ihr euch prächtig
entwickelt und in Harmonie miteinander schwingt.

Augenblicklich vermisse ICH auf dem Sofa sehr viele meiner Kinder. Rufe sie zusammen und erzähle ihnen, wie sehr ICH sie liebe und wie innig ICH mir wünsche, dass sie sich ausruhen für die Aufgaben, die bald auf sie zukommen werden. ICH brauche jedermann in einem neuen Geist, der Mutter Erde zuliebe!

Sehr viele meiner Erdenkinder hören ihren Herzen nicht mehr zu.

ICH BIN schon ganz verzweifelt, wie viele Menschen ICH so beobachten muss.
Sie sind nicht mehr selbstbestimmt. Sie kopieren, sie imitieren, und sie verlieren sich selbst, weil sie irgendetwas Anderes darstellen wollen, als ICH es für sie vorgesehen habe.

Glück bedeutet, seine Gabe im Herzen zu finden und dem Leben damit in Freude zu dienen.

Menschen, die von den Herzenswegen abweichen, sich grenzenlos im Irrgarten des Lebens verlaufen, nicht mehr zurückfinden, in dunkle Höllentäler fallen, erholen sich von den massiven Einbrüchen, den Erschütterungen und Aufschlägen, den blutenden Wunden ohne die Liebe nie mehr.

Auch das Studium an Universitäten bringt ihnen kein Glück. Viele studieren, weil alle studieren, obwohl sie nicht dafür geboren worden sind."

Jetzt wurde Gottes Traurigkeit fühlbar: „Selbst die Ärzte, diese verarmten, meine so sehr geliebten Ärzte, sie ignorieren, dass der Geist der Chef im Kopf ist, dass nicht der Kopf irgendetwas hat, sondern die negativen Gedanken die heile Struktur im Gehirn verändern.

Ein ganzes Menschenleben lang haben sie völlig umsonst, sinnlos und unerfüllt gelebt, deshalb, weil sie sich nie die Mühe gemacht haben, in ihren Herzen nach der Wahrheit für ihr Leben zu suchen und fündig zu werden.

Für ein gutes Leben im Glück müssen meine Erdenkinder sich unermüdlich zeigen und in meinem Sinne der Liebe folgen. Darum geht es ganz konkret!"

Und Gott betonte noch einmal: „Sage es allen Menschen, denen Du begegnest, dass das Leben an vielen Tagen sogar leicht wie ein Kinderspiel sein kann, wenn sie in der Stille auf ihre Herzensstimmen hören lernen!

Deine Erdenmama hört ihrem Herzen auch nicht mehr zu, mein geliebtes Allheilkind!

Sie wird Deine Seele immer wieder aufs Neue belasten mit den Vorstellungen, die sie sich für Dein Leben gemacht hat. Sie vermag es nicht, Dich Deinen Weg gehen zu lassen, da sie selbst unmittelbar nach dem Zweiten Weltkrieg nur bedingt eine Chance bekommen hat, die herzeigene Richtung zu suchen und zu finden. Sie wünscht sich das Allerbeste für Dich. Sie möchte Dich in irdischer Absicherung wissen, und dabei fühlt sie nicht, dass sie Dir eine Scheinsicherheit vorgibt. Sie sieht Dich in einer Ehe mit Kindern und einem Dich versorgenden Ehemann. Du aber fühlst in Dir Deine herzerfüllende Berufung. Vergib ihr, denn sie weiß nicht, was sie tut. Ziehe entschlossen Deiner Wege!"

Und Gott sprach noch einmal in traurigem, sanftem Ton: „ICH fühle mit den armen ungehörten Vätern und Müttern all der Kinder, die den Mut haben, das Elternhaus zu verlassen, um ihre eigenen Wege zu gehen. Und ebenso beweine ICH den Verlust sehr vieler Menschen, die ihre Herzenswege versäumen. Sie haben nicht hören wollen, dass sie nicht zur Erde gekommen sind, um ihr eigenes Ding zu machen.

Allzu leicht urteilen die Menschen und sie beschimpfen mich:

‚Warum tust Du nichts? Warum greifst Du nicht ein?‘, klagen sie verzweifelt.

ICH, der ICH BIN, sage euch, dass ICH niemanden führen kann, der auf dem Holzweg ist.

Die im Dunkeln sehe ICH nicht! ICH BIN das Leben im Licht. ICH BIN das Licht. **Ihr habt alle den freien Willen, euch zu mir zu bekennen**, mein Licht in euch bewusst aufzunehmen und mir euer Leben anzuvertrauen.

Mein Licht breite ICH über all denen aus, die den Herzensweg angetreten haben. Diese Seelen sehe ICH, denn in ihnen leuchtet das Licht der Liebe.

Deine Mutter schenkt Dir das Leben auf der Erde!

Erst Jahre später vermagst Du, die Erkenntnis zu erlangen, wie viele gute Gaben Deine Mutter Dir mit auf Deinen Lebensweg gegeben hat.

Sie wird Dir einen wundervollen, für Deine Aufgabe nahezu perfekten Körper schenken. Sie kann Dich vieles lehren. Und sie strebt danach, Dich in ihrer Verwandtschaft mit den Heilern bekannt zu machen, die Dich einweihen werden in den Heilungsgedanken der Liebe von Jesus Christus.

ICH halte MEINE HAND segnend über euer liebevolles Tun auf der Erde.

Mit mir ist alles leicht. Wer in meinem Geist ist und ICH in ihm, dem wird es an nichts fehlen (Johannes 17:23).

Verschenke Dich, verschenke Deinen Reichtum. Dein Wohlhaben gestaltet sich aus Deinen Gaben. Alles schreibe ich auf Deinem Konto gut, was Du jemals gegeben hast; denn Du hast alles mit Liebe gegeben.

Du wirst ein Mensch sein, in viele Durcheinander geraten, die Dir gar nicht gefallen können. Noch einmal sage ICH Dir, egal was auch immer auf Dich zukommt, wie es gerade ist, nimm alles voller Vertrauen an aus MEINER HAND, dann ist die Herausforderung für Dich vorbei; denn Du hast Klugheit erlangt.

ICH brauche starke Menschenkinder, wie Du eines bist, geliebtes Allheilkind, die den Mut aufbringen, zuzuhören und meinen Anweisungen zu folgen.

Deine ungebrochene Leidenschaft, Deine Begeisterungs-fähigkeit und Dein Tatendrang werden unzählige Menschen anstecken.

Du bist mir wichtig, ICH brauche Dich. Du bist eine großmütige, selbstlose fröhliche Seele, von edler Gesinnung. Du kannst die Menschen mit Deiner Aus-strahlung überzeugen.
Du hast den Anspruch, die Herzen der Menschen zu mir zu erheben.

Lehre meine Kinder, sich mit dem Wesentlichen zu beschäftigen. Bringe ihnen bei, das Wesentliche vom Unwesentlichen zu unterscheiden.
Bilde sie heran, auf der materiellen Ebene zurecht-zukommen. Unterweise sie aber vor allen Dingen, nicht im Materiellen zu verhaften.

Bringe ihnen die Großzügigkeit und den Edelmut näher, die Reinheit und die Akzeptanz, und schule sie darin, das Böse mit dem Guten zu vergelten.

Höre mir gut zu!

ICH sende viele goldene Seelen auf den Weg.

Mein geliebtes Allheilkind, ICH stelle wunderschöne himmlische Engel und Erdenengel an Deine Seite.

Sie werden Deine grauen Tage erhellen und Dir Mut machen, Deinen Auftrag zu erfüllen.

ICH brauche euch alle als Verbindung zur Erde. So, wie ein Baum zu leben anfängt, wenn er sich in die Erde bringt, genauso beginnt auch ein Seelchen als Mensch zu leben, wenn es als Baby mit seinen Füßlein die Erde berührt. Und, glaube mir, Kleinstes Allheilkind, **ICH BIN sehr neugierig, welche Konstellationen meine Kinder ausklügeln**.

Und was machst Du daraus, geliebte geweihte Seele, wenn Du die Erde berührst?", sprach der Himmlische Vater. „Erzähle mir, wie es sich anfühlt, im Körper zu sein, wenn mein Atem die Erde erreicht. Nur durch meine Erdenkinder kann ICH sehen, was alles auf der Erde möglich ist. ICH BIN mit euch. Das Leben gestalten müsst ihr selbst."

Schaue Dir dieses Wunder an!

„ICH, der ICH der Herr über Himmel und Erde BIN, schicke eine Viertel Million Seelchen an einem Tag auf den Weg zur Erde. Die Erde weiß davon. Himmel und Erde arbeiten verlässlich zusammen.

Es ist ein inniger Wunsch eines feinstofflichen Lichtseelchens, im materiellen Körper mit der Erde in Berührung zu kommen, sich irdisch zu fühlen, vor allem aber, gesehen und berührt und dadurch im Hiersein bestätigt zu werden."

„Gib der Erde ihre Kinder wieder", sprach Gott zu seinem Kleinsten Allheilkind.

„Stelle sie, meine Kinder, unten auf der Erde auf ihre Füße. Sage den Seelchen, sie mögen in den Körper hineinschlüpfen, so, wie sie mit ihren Fingern einen Handschuh ausfüllen, um die Wärme zu fühlen, die sie umgibt. Unterweise sie in Erdungsübungen und erzähle ihnen von ihren heilenden Händen.

ICH, der ICH der Schöpfer BIN, schicke sie auf ihren Weg, und viele kommen dort unten nicht in ihren Füßen an. Obwohl sie oft jahrzehntelang unten verweilen, sind sie doch nie angekommen, nie restlos hineingeschlüpft. Sie tragen die Sehnsucht der Verbindung mit der Erde in sich. Die Menschen sagen dazu, ihr Leben habe nicht Hand noch Fuß. Sie hängen in der Luft und fürchten den Absturz.

Darüber BIN ICH sehr traurig. ICH liebe meine Kinder, und ICH vermisse sie schmerzlich.

Es wäre alles sehr einfach. Jedoch, sie wissen nicht, wie sie die Wurzeln in die Erde ragen lassen sollen. Sage Du ihnen, wie sie als Erdenbürger und Erdenbürgerinnen mit der Mutter Erde in Kontakt treten können.“

„Lieber Gott,
kann ich mir das alles merken?“

Gänseblümchen bat den Herrn, ihm nicht allzu viele Aufgaben mit auf seinen Weg zu geben.

„Geliebter Vater, Du weißt, dass ich Dir hingebungsvoll dienen werde. Nach Deinem Willen soll dies geschehen. Wie kann ich mir alles merken, was Du mir mit auf meinen Weg gibst? Bitte, schenke mir ein alles merkendes Gedächtnis!“

Der liebende Vater ermutigte sein Kind mit dem Verspre-
chen: „Mein Engel, in den Nächten werde ICH Dich einweihen. ICH warte, bis Du in den tiefen Schlaf gefallen
bist. Halte nur Dein Herz für meinen Liebeshauch rein!"

Alle Menschen können Gottes Stimme vernehmen,
wenn sie nur ihre Herzen dafür rein und weit machen.

Und wie auf Kommando eilten die goldenen Engel herbei und riefen laut: „We wait until you sleep, and then
we fulfill you!" (Deutsch: „Wir warten, bis Du schläfst,
und dann erfüllen wir Dich!")

Gänseblümchen hatte verstanden. Wenn die Worte in
eng(e)lischer Sprache ertönten, dann würde Gott seine
engeligen Helfer ausgesandt haben, um seine Nachrichten den Erdenengeln in die Herzensohren zu flüstern,
damit diese sie auf der Erde verbreiten konnten.

„Noch einmal sage ICH es Dir, da es mir so wichtig ist: hilf den Menschen, anzukommen!

Ein Menschenkind, das die Erde mit seinen Füßen nicht
bewusst fühlen kann, findet seinen Weg nicht. Viele
meiner Kinder hängen in der Luft. ICH brauche sie

auf der Erde. All die reinen, wahren und klaren Engel-seelchen, die ICH auf die Reise schicke, sind gewillt, die Erdenaufgaben zum Allerbesten zu erledigen.

Geliebtes Gänseblümchen, sie brauchen Deine Hilfe. Lehre sie die Einfachheit des irdischen Daseins und hilf ihnen, in ihren Körpern Platz zu nehmen, anzu-kommen und Wurzeln zu fassen. Sei Du ihnen Vorbild!

Wenn die dunklen Mächte Dich angreifen, die Men-schen Dich anzweifeln, Du glaubst, allein zu sein, ohne himmlische Helfer,

DANN KOMMT MEIN GOLDENES LICHT ÜBER DICH UND DAS IST FÜR ALLES DIE LÖSUNG.

DU STEHST IM HIMMEL UND AUF DER ERDE ZU MIR. ICH STEHE IM HIMMEL UND AUF DER ERDE ZU DIR!

ICH LASSE IMMER EINEN GOLDENEN STERN ÜBER DIR LEUCHTEN. SCHAUE NACH OBEN, EGAL, WIE ES DIR GEHT, UND ORIENTIERE DICH AM GOLDENEN STERN!

Geliebtes Allheilkind, mein Gänseblümchen, bist Du bereit, Dich in meine Dienste auf der Erde zu stellen,

mein Wort zu den Menschen zu bringen und sie bedingungslos zu lieben, so, wie ICH sie liebe?"
Sein Kleinstes Allheilkind strahlte vor Glück, den Auftrag des Vaters auf der Erde realisieren zu dürfen.

**Aufgeschlossen würde es das Wort
und die bedingungslose Liebe**
des Allgütigen Schöpfers mit auf die Reise nehmen
und vor Ort praktizieren.

Der Himmlische Vater fügte noch mit einem sanften Fingerzeig hinzu: „Mein geliebtes Engelkind, merke Dir, **es gibt unten auf der Erde, weltweit, nur eine einzige Sprache und eine einzige Religion: Die Liebe im Herzen!**

Mein goldenes Kind,
ICH schicke Dich auf den Weg!"

Gänseblümchen hüpfte vor Begeisterung, erneut das Wunder der Menschwerdung erfahren zu dürfen. Und Gott erkannte sogleich, die allerbeste Wahl getroffen zu haben. In höflichem Respekt knickste sich Gänseblümchen rückwärts davon, seinen Schöpfervater in liebendem Licht strahlend wahrnehmend.

Der Gottesgeist erbat die Abreise im Monat August,

dem Monat der Vollendung, der Verbindungen und der großen Aufgaben, sodass sich das Seelchen gründlich vorbereiten konnte. Gänseblümchen verabschiedete sich festlich feierlich von den himmlischen Freundesseelchen mit dem Wissen, bald schon einem nach dem anderen auf der Erde wieder zu begegnen, wenn der Herr es so lenkte.

Zu gegebener Zeit schwang es sich in die sanfteste lichtvollste Frequenz hinein. Seine Leuchtkraft, wie der Gottesgeist gesprochen hatte, sollte es am Nachthimmel innerhalb eines Sternschnuppenregens so positionieren, dass es von einem aufmerksamen begeisterungsfähigen Erdenkind gesehen werden konnte.

Das himmlische Feuerwerk erhellte die Nacht. Gänseblümchen ließ sich zusammen mit den Sternschnuppen in die Atmosphäre hineinfallen.

Der Allmächtige Gottesgeist überwachte dieses Lebensspiel.

Bild: Edelgard Brecht

Am schönen Bodensee, im Süden Deutschlands, mähten die Bauern die Kornähren ab, und es roch nach Sommer. Jung und Alt waren auf den Beinen.

In diesem irdischen Paradies, so loben die Einheimischen ihren Garten Eden, halten sich die fröhlich gestimmten Menschen in den lauen Sommernächten gerne an den Seeufern und an den Promenaden auf.

Wie schön ist der Bodensee!

(Fridel Müller)

Oft sind wir an seinen Ufern entlanggewandert, über blühende Wiesen und schilfdurchwachsenen Sand. In der Ferne ragen schneebedeckte Berge aus dem bläulich-grün verdeckten Vorland. Wie kleine Inseln des Friedens liegen die Fischerdörfer an seinen Gestaden. Segel gleiten dahin und ihre Schatten spiegeln silbern auf den Wellen.

An seinen Ufern stehen Haseln und Weiden und in ihrem Schatten ruhend, lässt sich's herrlich in den blauen Himmel sehen. Vom Alltag entrückt, von allen Widerwärtigkeiten des Lebens gelöst, atmet die Seele auf. „Im Kleinen ahnt sie das Große, im Endlichen das Unendliche." In all der sichtbaren Schönheit unsichtbare Herrlichkeit. Und die Wolken ziehen darüber hin, lichte Berge durch die tiefe Bläue. Bis leise die Dämmerung niedersinkt und alles langsam verhüllt. Der See rauscht weiter, immerfort durch die Nacht. Mondlicht gleißt und glänzt auf seinen Wellen. Auch in der Nacht ist er schön. Dunkle Pappeln ragen empor; geisterhaft stehen die Büsche am Strand. Und darüber leuchten die Sterne.

Doch manchmal ist er unheimlich – drohend – düster. Gewitter nahen, Blitze zucken, die Wellen schlagen wild an Land und Mauern. Die Urgewalten kommen über ihn. Aufgepeitscht bis in die Tiefen wogt und schäumt er. Nichts mehr von der friedlichen Stille.

Hat der Sturm ausgetobt, leuchtet wieder die Sonne rot und golden. Die Wellen spielen mit dem Sonnengold des Abends. Neu grünet das Land und atmet die Frische des Abends.

Alles hat einen Sinn: Sturm und Stille!

Danke, ehrenwerte Frau Fridel Müller, für die Bezeugung Ihrer Liebe zum Bodensee.

Gänseblümchen positionierte sich geradezu genial.
Es flog beinahe quer zur Uferpromenade in Meersburg. Unmöglich wäre es gewesen, nicht gesehen zu werden. Der Schöpfer drehte den lauen Abendwind zugunsten seines Lichtengels.

„Da, sieh mal da, ist die Sternschnuppe nicht ganz besonders hell?", tönte es in die Menschenmenge hinein. „Du hast recht. Sie erinnert mich ... ja, sie ist wunderschön, und sie stimmt mich heiter. Sie erinnert mich an den Weihnachtsstern, der uns die Frohe Botschaft verkündete."
„Wir dürfen uns etwas wünschen. Ich wünsche mir ..., und was wünschst Du Dir?", fragte das Mädchen seinen Papa.
„Wünsche werden nicht verraten, mein Engelchen!"
„Das Spiel des Lebens beginnt!", rief Gänseblümchen glücklich in die Welt hinein.

Zu jener Zeit geschah es, dass Gott einer Erdenmama erlaubte, einer Engelseele ein Körperchen zu schenken. Es fühlte sich so gut an, die Gestalt eines Menschenkindes anzunehmen in dem Wissen, nach 280 Tagen, wie viele Atemzüge mögen das wohl sein?, frei und eigenständig atmen zu dürfen, weil die Bestimmung es vorsah und weil die Liebe des Schöpfers es so wollte.

„Hurra, ich habe einen Körper!"

Gänseblümchen glaubte, aus einem tiefen langen Traum erwacht zu sein. Es schaute mit strahlenden Augen auf sein Körperchen, um festzustellen, dass alles perfekt war.

Bild: Franziska Lorenz

Es erblickte seine Ärmchen, seine Beinchen und die winzigen Füßlein. Das Körperchen war umgeben von einer schneeweißen Haut, die sich anfühlte wie ein sanftes, weiches und gleichzeitig schützendes, alles verbindendes Mäntelchen.

Gänseblümchen wusste, so schien es im Moment, nichts mehr aus der Zeit vor der Schwelle. Da gab es eine neblige Erinnerung, ein Heranwachsen in einem Mutterleib, besser gesagt, in einer anderen Welt. Jedenfalls tauchte nirgendwo ein heldenhaftes, vor Schmerz betäubendes Geburtserlebnis auf. Eine kinderliebe Mama hat es vor der Schwelle sicherlich gegeben. Alles war so wunderbar, wie es war.

Das Engelseelchen hatte bis dahin weder Freude noch Glück, kein Leid, keine Kälte und keine Wärme, keinen Atemzug und keinen Hunger verspürt; es empfand keinerlei Bedürfnisse.

In ein kleines Windelhöschen gewickelt, erfreute es sich nach mehreren Monaten seiner allerersten ganz bewussten Wahrnehmung, des Gefühls der wärmenden Frühlingssonne, des hellen Lichtes da draußen, im Grünen. Dorthin wollte es krabbeln, hin zum Licht, hin zur Wärme auf den eigenen Beinchen, mit dem eigenen Körperchen. Mochte es so viel Kraft kosten, wie es wollte, das Baby wusste, dass es sein Ziel erreichen und den damit verbundenen Weg über die „Schwelle", bewältigen konnte.

Die „Schwelle" trennte ein Wohnzimmer von einem Garten, einem Rasengrundstück. Hat diese „Schwelle" symbolisch auch einer Türschwelle geähnelt, so erahnte unser kleines Kind doch einen Übergang von einer jenseitigen Welt hinein in eine diesseitige, von drinnen nach draußen, in eine geschmeidige, lustvolle Bewegung hinein.

Voller Begeisterung fühlte das zarte Mädchen jede Faser des Seins in diesem vorsichtigen Tapsen nach vorne. Um Aktivität, um selbständiges Rühren ging es, auf diesem weichen grünen Grund, den Mutter Erde bot, als Basis für jegliches irdische Freudenfest.

Dies war das unermessliche Begehren des Neuankömmlings. Noch auf allen Vieren und sehr zaghaft, jedoch von größtem Wohlgefühl und Genuss getragen, spürte Gänseblümchen in diesen ersten bewussten Lebensmomenten, wie wichtig solche Augenblicke für die vor ihm liegenden Erdentage sein würden.

An die innere Glückseligkeit seiner Babytage kann sich ein Mensch im Normalfall nicht erinnern, ebenso wenig an die heiteren und übermütigen Selbstgespräche über den errungenen Sieg, im Körper angekommen zu sein.

Das Mitteilungsbedürfnis eines Neuankömmlings ist immens, und niemand kann es verstehen, wenn die Seele des Babys sich selbst jauchzend mit Applaus überschüttet und sie vom Erfolg überwältigt ist: „Geschafft!, es ist geschafft!, es ist geschafft! Hurra, ich habe einen Körper!, hurra, ich habe einen Körper!, hurra, ich habe einen Körper!"

Das Körperchen funktionierte wie von selbst.

Das Wunder der Menschwerdung war vollbracht.

**Es bedeutet pures Glück
und allergrößte Freude,
wenn eine Seele
einen menschlichen Körper bekommt.
Und jedes Baby ist das schönste Kind
der Welt, weil Gott es so will und
weil ER es liebt!**

Die Babyjahre verstrichen, ohne herausragende Vermeldungen machen zu wollen.

Im Alter von drei Jahren begegnete das Mädchen dem Himmlischen Vater auf wundersame Weise. Das Licht der Liebe durchflutete das zarte Körperlein und wärmte es und ließ das Kind das EINSSEIN mit dem Licht der Liebe fühlen.

Im Alter von fünf Jahren, auf den eigenen Füßlein angekommen, strahlte das Erdenmädchen bewusst und erfüllt dem Sonnenaufgang entgegen. Die Mama betrat das Schlafzimmer allmorgendlich und flüsterte mit freundlicher Stimme: „Aufstehen, heute ist ein schöner Tag!" Dann zog sie die Vorhänge zurück und der Morgenhimmel präsentierte, was die Mama versprochen hatte. Alle Tage waren schön.

In den Frühlingsmonaten bekräftigte das ermunternde Vogelgezwitscher den Gedanken an einen schönen Tag, und Gott und die Engel waren fühlbar, in der Liebe im Raum und in der Welt da draußen, die auch heute wieder neu entdeckt werden wollte. All die hellen, wonnigen Tage! Wie lieb hatte Gänseblümchen, das Menschenkind, dieses Leben auf der Erde gewonnen.

Bild: Edelgard Brecht

Sonne, Wasser, Wiesen, Gras, Bäume, Schaukeln, wie himmlisch Erdenleben sein konnte. Schwingen, singen, lachen, fröhlich und unbeschwert in den Tag hineinleben, draußen schlafen, um im Morgengrauen wieder mit den Vöglein aufzuwachen, das fühlte sich nach Leben auf der Erde an. Schnurrende Kätzchen auf den Matratzen und Häschen im Stall und auf dem Grün, im Zaun, das war sie, die heiß ersehnte Kindheit des Erdenengels, die sich nun wahrlich erfüllte.

Das Kinderherz erfreute sich auch an den Wintern. Wenn meterhohe Schneewehen sich auftürmten, in denen, zum Leidwesen der Erwachsenen, zur Begeisterung der Kinder, alle Autos stecken blieben und der Vater die Flora, das lebenserfahrene und friedliebende Pferd aus dem Stall holte. Flora zog alle Dorfkinder auf dem Schlitten hinaus in die Wälder. Mit Glockengeläut schritt das betagte Rössel durch den weichen Neuschnee. Die Kinder und der Papa sangen zu Schneekönigins Freude:

„Schneeflöckchen, Weißröckchen,
wann kommst du geschneit?

Du wohnst in den Wolken,
dein Weg ist so weit.

Komm, setz' dich ans Fenster,
du lieblicher Stern,

malst Blumen und Blätter,
wir haben dich gern.

Schneeflöckchen, du deckst
uns die Blümelein zu,

dann schlafen sie sicher
in himmlischer Ruh'.

Schneeflöckchen, Weißröckchen,
komm' zu uns ins Tal.

Dann bau'n wir den Schneemann
und werfen den Ball."

Text: 1869, Hedwig Haberkern 1837-1902
Melodie: Herkunft unbekannt

„Der Himmel auf Erden im Körper ist herrlich!"

Das Kind machte Gott alle Ehre auf der Erde. Es wuchs heran und erzählte vom Himmel und von den Sternen und von den Sternschnuppenkindern. Und die Menschen lauschten den Erzählungen mit Begeisterung. Nie zuvor hatten sie einen derart überzeugenden jungen Menschen erlebt, der ihnen Nachrichten aus dem Himmel mitgebracht hatte.

Gänseblümchen lächelte kess, wenn seine Geschichten der Fantasie entsprangen. Man sah es ihm an, wenn die Erzählungen einem Seiltanz aus der Welt der Illusionen glichen. Sein Gesicht wurde sehr ernst, wenn es dem Himmel, Gott und den Engeln huldigte.

Gänseblümchen wollte stets glaubhaft sein, deswegen unterschied es deutlich in der Tonlage, sodass keinerlei Missverständnisse über die Art der Herkunft seiner Geschichten aufkommen konnten.

Die Zuhörerschaft spürte die Einzigartigkeit dieses besonderen Geschöpfes auf der Erde. Allesamt glaubten sie an jenes von ganzem Herzen.

Gänseblümchen vergisst sich selbst.

Gänseblümchen zählte nun, wie bereits erwähnt, zu den Erdenbürgern. Und den Erdenbürgern passiert es gelegentlich, wie Gott es angedeutet hatte, dass sie im Eifer des Gefechts das Wesentliche übersehen. Sie hetzen sinn- und ziellos über die Erde, erschöpfen sich, lassen ihren Geist und ihre Herzen verkommen und pflegen sich selbst und ihr Äußeres nicht mehr. Ihre Gabe zu suchen und zu finden, die Menschen zu unterweisen und die Fertigkeit als Geschenk weiterzureichen, die Erde in einen besseren Ort zu verwandeln, das vergessen sie. Sie jagen ihren eigenen Ideen hinterher; sie machen ihr eigenes Ding.

Die Lebenskraft hatte Gänseblümchen gesundes, dunkelbraunes langes Haar geschenkt. Von Zeit zu Zeit verzottelten diese jedoch und glichen einer unordentlichen, beinahe verwahrlosten Mähne.

„ICH erfreue mich an meinen gepflegten Menschenkindern. Achte gut auf Dich!", sprach die Göttliche Stimme im Traum, hörbar, fühlbar und unverwechselbar klar. Unser Erdenengelmädchen musste sich Gottes Rüge gefallen lassen. Gänseblümchen entschuldigte sich beim Liebenden Gott Vater.

„Ich habe keine passende Haarbürste, Gott. Womit soll ich diese vielen Haare kämmen? Und es erfordert ungemein viel Zeit, diese Mähne, ja, mein gesamtes Äußeres, zu pflegen. Da ich am Tag und manchmal in der Nacht unterwegs bin, um meinen Aufträgen nachzukommen, finde ich keine Zeit mehr für mich selbst."

Gott antwortete ihm: „Bei euch in Meersburg lebt ein Erdenengel, der in den vergangenen Jahren Bürsten aus Holz angefertigt hat. Dieser feine Herr, ein Künstler, ein Edelmann, wird für Dich eine Bürste mit seiner sanften Hand und nach meinem Willen formen. Wenn Du nur das rechte Handwerkszeug hast, dann fließt Dein Tun."

Gänseblümchen, das Menschenkind tat, wie der warme, gütige und doch bestimmte Hauch es befohlen hatte.

Am nächsten Morgen schon machte sich das hübsche Mädchen auf den Weg, durch Meersburgs Passagen, hinunter zur Steigstrasse, einem sehr amüsanten Ladengässele. Vorbei an allerliebst dekorierten Schaufenstern bestaunte es wie immer das mächtige hölzerne Wasserrad der alten Meersburger Schlossmühle im Glanz der Morgensonne, in absoluter Stille, noch völlig ohne neugieriges Publikum ringsumher.

Auf wundersame Weise spielte das Leben den von Gott erwählten Experten in den frühen Morgenstunden direkt in die Hände von Gänseblümchen. Er hatte bereits von seinem außerordentlichen Auftrag „Wind bekommen". Die Haarbürste, in Gänseblümchens himmlischem goldenen Lieblingsglanz, mit rotgoldenem Griff versehen und wahrlich stabilen Borsten bestückt, lag auf dem Tisch am Eingang des schnuckeligen Lädchens.

Der Besuch bei diesem ansehnlichen leuchtenden Herrn hinterließ bei Gottes treuem Erdenengel einen tiefen Eindruck. ER hatte ihn wohl auch für eine ganz besondere Aufgabe auf die Erde geschickt. Gänseblümchen glaubte, wahrgenommen zu haben, dass pures Gold aus seinem Herzen und aus den Händen herausstrahlte. Er liebte das Tun mit diesen heilsamen Händen. Das Glück war vollkommen. Gänseblümchen erkannte sogleich, dass es ein Leichtes sein und Spaß machen würde, der Pflicht in Sachen Haarpflege von nun an nachzukommen.

„Gehe alle Deine Wege mit der GOTTESKRAFT in Dir!"

Unser Erdenengel wuchs heran, und ihm wurden vertrauensvoll von Jahr zu Jahr, mehr und mehr Erdenpflichten übertragen, die Gott ihm ins Herz gelegt hatte. Vielerlei abwechslungsreiche Aufgaben forderten die Menschen ein, die Gänseblümchen liebten und von denen sich der Erdenengel geliebt fühlte.

Stets bemüht, das Äußere, die Seelenhülle zu pflegen, schrumpften die Stunden des Tages auf einen gefühlten längeren Atemhauch zusammen, und Gänseblümchen stellte sich allabendlich unter den Sternenhimmel, um mit seinem Schöpfer zu kommunizieren:

„Herr, die Tage vergehen wie im Flug. Wie kann ich meinen Aufgaben nachkommen, ohne das Wesentliche, das Du mir aufgetragen hast, zu vernachlässigen?"

Der Herr erwiderte prompt:

„Mein geliebter Erdenengel, es ist wichtig, dass Du Mensch geworden bist und die Alltagsmühen der Menschen verstehen und tragen lernst. Nur dann, wenn Du einer von ihnen bist, weißt Du, wie sie sich nach getaner Arbeit fühlen, wie ihnen die Tage davonrennen, die Nächte den müden Körpern kaum ausreichen, sich fallen zu lassen. Und Sorge dafür zu tragen, sich den eigenen Lebensunterhalt zu verdienen, mein Kind, das ist eine mächtige Herausforderung für alle meine Erdenmenschen. Und Erdenengel sind eben auch nur Menschen. ICH danke Dir für Deine Mitteilung!

Niemals hätte ICH behaupten mögen, ein Erdendasein sei ausschließlich ein leichtes Spiel. Es beinhaltet einfach alles. Eines aber sage ICH Dir, mein Erdenengel, präge es meinen Kindern auf der Erde ein, dass Leben leichter geht und stets **gelingt mit mir. Wenn ICH in ihren Herzen den Platz einnehmen darf, den ICH beanspruche, in ihrem Geist die Nummer Eins BIN, in ihren Atemseelen mein Licht brennt, dann wird ihr Leben gelingen."**

Gott traute seinem Engel auf Erden viel zu. In zahllosen Nächten sprang Gänseblümchen, das Menschenkind, mit gigantischem Input aus den Träumen hoch, notierte die Botschaften im Traumbuch, um tags die Menschen damit zu begeistern.

Der Leser mag glauben, Gott überforderte seinen Erdenengel. Gott fordert massiv; Gott überfordert nie. Gottes Botschaften fühlten sich großartig und, wie ER es zugesagt hatte, segensreich an. Gänseblümchen spürte um sich herum die wärmende Aura eines Feuers, das Feuer des Heiligen Geistes, das es in allen Zellen des Körpers erfrischte und in seinen Gedanken erleuchtete.

Ganz besondere Engel ertragen viel.

Wenige Jahre nur durfte Gänseblümchen im Haus der Eltern und der Geschwister verweilen. Die Prägung durch die Menschen in der Urfamilie hätte das reine, schöne und ausdauernde Wesen, sein Marienblümchen, auch Himmelsblümchen genannt, niemals so stark werden lassen, wie Gott es brauchte. Der dort vorherrschende Geist würde Gottes Engel in seiner Entwicklung behindert haben. Da draußen in der Welt, ohne Familie musste der Erdenengel rasch selbständig werden, selbst denken, selbst handeln und für das Denken und Handeln die Verantwortung übernehmen, für sich selbst stehen.

Die Schulung war eine harte und sorgte für Klarheit: Erdenleben könnte, wäre es fremdbestimmt, verhängnisvoll und zur Falle der Bequemlichkeit, zur Falle der falschen Sicherheit und Anpassung werden.

Gänseblümchen sprach täglich mit dem Himmlischen Vater, und der Vater antwortete im Juli 2020:

„Viel zu viele Erdenkinder verfolgen die falschen
Ziele.

Die Schaffung einer materiellen Welt,
in der die Herzen nichts mehr wert sind,
ist ein falsches Ziel.
Diese Welt muss bald schon sterben.
Die Neue Welt wird geboren werden.“

Und Gottes Stimme blieb weiterhin klar und deutlich
vernehmbar:

„Ein Menschenleben einer Engelseele wird so lange
ein furchtbares sein, bis es meinen Willen akzep-
tiert. Wo ICH nicht gerufen werde, da kann ICH
nicht sein, da kann meine Liebe nicht schützen.“

Der Erdenengel glaubte, tief im Inneren diese Worte
schon alle einmal vernommen zu haben. War es ein
Erinnern?

Gänseblümchen opfert sich auf.

Die Kraft, die Gott seinem Erdenengel verlieh, war
außerordentlich und beinahe unerschöpflich.

Nach getaner Arbeit, nach der Erfüllung aller Aufträge Gottes, blieben noch Zeit und Raum für die Tierlein in den Wäldern und auf den Wiesen.

„Für mich selbst wird noch ausreichend Zeit zur Pflege bleiben. Gott freut sich, wenn ich mich um seine Geschöpfe in der Natur kümmere!"

Würde es in Bärmatingen Bärenwälder gegeben haben, dann hätte sich unser Erdenengel auch darum gekümmert.

Wohlmeinend wäre er in die großflächig angelegten Waldgebiete in Bärmatingen hineingelaufen, um alle Braunbären herbeizurufen.

Bald hätte es sich im Bärenwald herumgesprochen, dass die fleißige Bärenkämmerin jeden Sonntag um sieben Uhr morgens zur großen Bärenkämmung vorbeikäme.

Die Bären hätten es genossen, sich den Rücken kraulen zu lassen, ehe sie sich in ihre Winterruhequartiere in

die Höhlen zurückgezogen hätten. Von Zeit zu Zeit wären sie vielleicht dem Nichtstun verfallen, hätten sich phlegmatisch und träge bauchpinseln lassen. Wer hätte nicht verstanden, dass die Braunbären völlig entartet wären.

Von Zeit zu Zeit sah man im Deggenhausertal, dem Tal der Liebe, chillende Hasen, die pünktlich auf die Dienste der Hasenkämmerin warteten.

Mit großer Hingabe fütterte Gänseblümchen die Berberaffen mit Popcorn im Tierpark westlich von Salem. 200 Berberaffen leben hier, in Deutschlands größtem Affenfreigehege. Die Berberaffen rasen ungestüm durch den Wald. Für eine Handvoll Popcorn schwingen sie sich von den Bäumen. Gänseblümchen war begeistert von den Erlebnissen mit den Affenbabys, die im Frühjahr zur Welt kamen. Nebenbei bemerkt, die 350 000 Besucher des Affenberges, pro Jahr, sind ebenso angetan vom Treiben der frechen, wilden Affen im Affenwald.

Unser Allheilkind besuchte in freudiger Erregung den Streichelzoo auf der Insel Mainau, inmitten des Bodensees. Die Ponys schlossen die Menschen in ihr Herz, die sanft und liebevoll ihre Rücken tätschelten.

Diesen Sommer wollte Gänseblümchen mit der goldenen Haarbürste die sanftmütigen und geselligen Angorakätzchen in der näheren Umgebung in die Pflege nehmen. Wenn es die Kätzchen in ihrem dicken Fell ein einziges Mal nur durchkämmen würde, fühlten sie sich sicherlich viel besser in ihrer Haut.

„Gott, aber ich fühle mich furchtbar! Irgendwas stimmt hier nicht mehr! Du hast mir zugerufen, ich solle mich selbst pflegen. Ich erinnere mich wieder."

So sehr war es wiederum mit fürsorglichen Gedanken und Taten beschäftigt, dass es für sich selbst keinen Raum mehr fand. Die eigene Fürsorge ließ ein weiteres Mal zu wünschen übrig.

Gänseblümchen wurde vom Liebenden Gott wachgerufen.

Über einen langen Zeitraum hatte Gänseblümchen, das Menschenkind, völlig vergessen, mit dem Lieben Gott zu sprechen.

Gott schaute eine halbe Erdumkreisung um die Sonne langmütig zu und dann reagierte ER. In der Nacht rief ER es beim Namen:

„Liebes fleißiges Gänseblümchen, mein Menschenkind, komme zu Dir! Aus einem ganz besonderen Grund habe ICH gerade Dich auserwählt und zur Erde gesandt. ICH weiß, dass Du mit Hingabe die Menschen lehren kannst, wie nur Wenige es vermögen.

All die Tugenden, die sie verlernt und vergessen haben, bat ICH Dich, auf die Erde zu tragen.

Deine Bereitschaft, für andere da zu sein, Dein Verständnis und Deine Geduld, die Du für meine Seelen auf der Erde aufbringst, habe ICH im Himmel mit Wohlwollen beäugt.

Du hast die Not jedes Dir anvertrauten Seelchens erkannt und sogleich Dein Allerbestes gegeben.

Unvergleichlich viele Seelen konntest du dem Satan aus den Krallen reißen und ihnen von meiner Liebe erzählen, welche die Erde und alle Geschöpfe darauf heilen kann. Meinen Kindern hast Du beigebracht, ihre innere Mitte, den goldenen Altar zu finden, ihn zu pflegen und auf meine Stimme zu hören. Einen Menschen wie Dich, mit diesem Geist und dieser Seele, gibt es nur einmal auf der Erde. Jede Seele ist einzigartig.

So sieht es das Leben vor!

ICH sage Dir, nimm in all Deinem großherzigen Tun Deinen Mitmenschen niemals die Freude am Wachsen, die Begeisterung, ihr Leben selber zu bewältigen. Lasse sie aus sich heraus größer und stärker werden.

Hilf den Menschen, unterweise sie, bilde sie aus. Überlasse ihnen jedoch alle Arbeiten, die sie selbst tun können.

Sie werden träge, faul und ihre Beine verlernen, die kraftfordernden Herzenswege zu bewältigen.

Ein Geschöpf, das sich aus den Tiefen mithilfe der eigenen inneren Stärke erhebt, sich immer wieder auf die eigenen Füße stellt, empfindet Glückseligkeit.

Wer immer nur getragen wird, verlernt das Laufen.

Du beraubst die Geschöpfe der Chance, für sich selbst zu sorgen.

Jedem Lebewesen habe ICH die Liebe in die Brust hineingelegt. Auf diese Art und Weise kann ICH mit meinem Geist in jedem Wesen sein. Mit meiner Kraft ist allen Lebewesen alles möglich, dessen sie bedürfen.

Wenn Du die Geschöpfe verwöhnst, verlernen sie rasch. Bald schon wird ihre Trägheit den eigenen Lebensweg zu verhindern wissen. Sie verlieren das Gefühl und den Glauben an ihr inneres Potenzial und empfinden keinerlei Notwendigkeit, ihre Gaben zum Ausdruck bringen zu müssen, um überleben zu können.

Die Not erst macht sie erfinderisch.

Du stehst parat und löst ihre Aufgaben und ihre Probleme. Eines Tages könnten sie Dich dafür hassen. Sie werden bald schon abhängig und lebensuntüchtig geworden sein.

Du hast es gut gemeint. Deine Hingabe und Dein Mitgefühl schätze und würdige ICH. Vertraue Du jedoch meinen Ideen, die ICH meinen Kindern in den Geist lege.

Geschätztes Gänseblümchen, mein Menschenkind, wahre Hilfestellung gibst Du den Lebewesen auf der Erde, indem Du sie die Unabhängigkeit und die Selbständigkeit lehrst, mit Liebe und Freundlichkeit in Deinem Herzen, auf dass sie Dir gerne zuhören mögen. Verhilf ihnen zur Freiheit. Das macht sie, auf lange Sicht gesehen, eigenverantwortlich und glücklich.

Besuche gerne alle Tierlein, die Dich heiter stimmen. Genieße Deine Freizeit in den Wäldern, auf den Wiesen, in den Gehegen und in den Zoos. Überlasse deren Pflege denen, die sie in ihr Leben geholt und sich die Aufgabe zu ihrem Beruf gemacht haben.

Gänseblümchen, schaue in den Spiegel. Du selbst siehst Dich nicht mehr. Deine Aufopferung führt schon beinahe zur Verwahrlosung Deines goldenen inneren Selbst."

Diesmal tat das Erwachen weh, denn

„oh Schreck," Gänseblümchen zuckte im Traum zusammen, „habe ich Wesentliches in meinem Auftrag übersehen? Ich wollte die Tugenden Glaube, Liebe, Hoffnung, Weisheit, Mäßigung, Toleranz, Geduld, Großzügigkeit, Offenheit, Ehrlichkeit sowie Humor und Freude auf die Erde bringen und sie … l e h r e n, hatte mir vorgenommen, die Menschen auszubilden und ihnen nicht alle Aufgaben abzunehmen.

Ich möchte lernen, mich ab und zu zurückzunehmen, die Situation aus der Ferne zu betrachten, um konkret zu werden, zu erkennen, worum es in Wahrheit geht.

Im Eifer des Gefechts bin ich abermals zu weit gegangen. Beinahe hätte ich meinen Weg, den Auftrag Gottes, verfehlt, mein eigenes Ding gemacht. Gott sagte mir, dass die Menschen mutig aufstehen und loslaufen sollen, um in Eigenregie, im Sinne der Liebe, ihre Aufgaben zu bewerkstelligen.

Die Menschen sind aufgefordert, die Herzen zu öffnen. Ich darf ihnen die Herausforderungen nicht abnehmen, nur, weil ich den Weg kenne und mein Herz überläuft vor Liebe. Ihre Herzen sollen für die Liebe schlagen und überschäumen vor Glück. Sie müssen den Weg eigenständig finden und ihn gehen. **Ihr Weg ist ein völlig anderer als mein Weg.**

Gott braucht keine Kopien. Gott braucht Originale. ER stärkt die Herzen für ihre einzigartigen Aufgaben und bringt sie zur Reife. Der Plan sieht jeden einzelnen Menschen an seinem von Gott erdachten Platz vor.

Ich fordere die von mir verwöhnten Geschöpfe nicht mehr heraus, in ihre eigene Kraft zu kommen.

Gewiss, Gottes Lehre darf ich vermitteln. Aber ihre Wege müssen die Erdbewohner mithilfe der Erkenntnisse selbstbestimmt gehen.
Wenn ich die Geschöpfe zu sehr verwöhne und ihnen die Herausforderungen abnehme, schmälere ich ihre Überlebenschancen auf der Erde."
Am Morgen hatte die Gotteskraft alle Nebel über Gänseblümchens Geist aufgelöst. Es schlug die Augen auf und fühlte nach, wie es im Schlaf mit Gott gesprochen hatte. Gott lächelte sanftmütig und stand ihm bei, den missverstandenen Auftrag zu berichtigen.

Gänseblümchen, das Menschenkind, sah sich selbst vor einem riesengroßen Spiegel sitzen und seine dunkelbraunen Haare kämmen. Es nahm sich viel Zeit, sich selbst Gutes zu tun. Endlich kehrten wieder Momente ein, in denen es sich in Ruhe und Stille sich selbst zuwandte. In Augenblicken der absoluten Geräuschlosigkeit nur vermochte Gänseblümchen den Hauch der Gottesstimme zu vernehmen:

„Geliebtes Gänseblümchen, ICH habe Dir die Liebe in Dein Herz hineingelegt. Dein Herz pumpt einzig und allein für Dich. Jedem anderen Lebewesen habe ICH in gleicher Weise den Geist der Liebe geschenkt.

Lehre die Lebewesen, ihre Herzen als Lebensmittelpunkt zu achten, zu schätzen und zu hüten. Allen Geschöpfen ist vergönnt, sich aus den eigenen erfüllten Herzen heraus zu nähren."

„Ich habe begriffen, mein Himmlischer Lehrer und Vater. Ich vermittle den Erdenwesen, auf sich selbst zu achten, ihr Inneres und Äußeres zu pflegen, fein zu werden, fein zu bleiben, ein vorbildliches Leben zu führen und sich selbst versorgen zu lernen."

„Bleibe verbunden und höre zu!

Auf diesem Weg werden Dir viele hilfsbedürftige kleine und große Menschen und Tiere begegnen. Dein Herz kann nicht an diesen Wesen vorbeischauen. Ein gutes Herz möchte stets hegen und pflegen. Gänseblümchen, entscheide Du selbst, wann und wie Du Unterstützung gewährst, meinen Kindern auf der Erde eine helfende Hand reichst. Lerne Du selbst zu unterscheiden, wann Du zuteilwerden lässt und mitträgst und wann Du glaubst, unterweisen und danach Deines Weges ziehen zu dürfen.

Zuallererst jedoch achte darauf, dass Du Dein Inneres mit glücklich machenden Gedanken und der Liebe zu Dir selbst erfüllst. Dann nur vermagst Du, aus Deiner Fülle heraus zu geben. Bleibst Du aber leer, dann verausgabst Du Dich. Du kannst nicht mehr schenken, als Du hast. Leer gewordene Wesen haben ihr Vermögen unachtsam verbraucht. Und sie können für immer daran zerbrechen. Der Urgrund der inneren Kräfte soll behütet werden wie ein Augapfel."

Gänseblümchen schaute hinüber zur goldenen Haarbürste.

Welch ein unbeschreiblich strahlend schönes, goldenes Geschenk Gott in gütigem Wohlwollen in Gänseblümchens Hände gelegt hatte. Im Sinne des Himmlischen Vaters beabsichtigte das Mädchen, das Allerbeste zu bewirken. Es war gewillt, großmütig zu handeln und aus der Herzensliebe heraus einfach nur zu geben.

Und nun erfuhr es Gottes wärmende Stimme: „Du darfst das Geschenk annehmen und es für Dich behalten und Dich an Deinem hübschen, gepflegten Äußeren erfreuen. In einem reinlichen Körper wohnt die Seele gerne. ICH habe Freude daran, wenn Du, meine wundervolle liebende Seele, in Deinem Menschenkörper Harmonie empfindest. Gib nur aus Deinem Überfluss heraus, und

lasse Dein Herz niemals leer werden",

klang des Schöpfers Wort noch in Gänseblümchen, dem Menschenkind, nach.

Gott nahm seinen Erdenengel wahr und erwiderte sogleich: „Der Mut, unvollkommen zu agieren und über sich selbst zu schmunzeln, ehrt die Menschen.

Wenn sie meinen, alles perfekt zuwege bringen zu müssen, berauben sie sich der Möglichkeit, zu lernen und zu wachsen!"

In großer Hochachtung, die es vor der Liebe, die Gott ist, hatte, fühlte es Dankbarkeit für diese bedeutsame Lektion. Schließlich ist Gänseblümchen ein Mensch geworden. Und Menschen sind nun mal nicht gegen Fehler gefeit und schon gar nicht perfekt im Denken und Handeln.

„Du weißt, mein geliebtes Erdenkind, dass ICH, der ICH BIN, die Menschen auf die Herzenswege geleiten möchte. ICH BIN der Weg und auf meinem Weg innerhalb meiner Lehren vernehmen sie die Worte der Wahrheit, die ihnen ein aufrichtiges, gutes und gesundes Erdenleben garantieren.

Auf diesen Lichtpfaden nur erlangt ein Geschöpf meisterhaftes Können.

Im Urgrund des Herzens, mit allen und allem in der Liebe EINS zu sein, verbunden zu sein, das garantiert Glanz, Glorie und Meisterschaft. Mehr will ein Mensch in einem Leben nicht erreichen. Das ist der Seele wahrhaftiges Bestreben. Hierin nimmt sie ihre Zugehörigkeit wahr.

Wissend, woher sie kommt und wohin sie eines Tages gehen wird, empfindet sie tiefen Frieden und Geborgenheit."

Gänseblümchens Bewusstsein vermochte zu jener Stunde diese allumfassende Weisheit in seiner Gänze aufgrund der noch geringen Lebenserfahrung nicht zu erfassen. Die junge Dame hörte zu.

Gott hatte vor mehreren Jahren schon Großes prophezeit. Von all diesem hatte seine Beauftragte damals wahrlich nichts verstanden. Die Schülerin vertraute Gott. Heute weiß der Erdenengel, dass der Himmlische Vater wohlweislich Voraussagungen in die Lichtseelen projiziert, um die Erde frühzeitig zu unterrichten. Die Vorhersagen arbeiten in den Seelen und, wenn der Zeitpunkt herangerückt ist, erinnern sich die Erdenengel, fühlen sich unerschrocken und vorbereitet und stellen sich bedingungslos in Gottes Dienste. Seine Boten wissen die goldenen Worte des Vaters zu würdigen und sie tragen die Schwingungen in Traumbücher ein und handeln im Bedarfsfall vernunftbegabt und folgerichtig.

Gänseblümchen, das Menschenkind vertraute dem Herrn: „Gott überfordert mich nie; aber er fordert mich heraus, und ich bewerkstellige meine Aufgaben verlässlich."

Gänseblümchen betrachtete immer wieder das strahlende Präsent, und sein Herz sprach ungesäumt die Worte: „Die goldene Haarbürste soll mich stets daran erinnern, dass es von großer Bedeutung für den Himmel ist, meinen Körper zu pflegen und mein Inneres mit Licht und Liebe zu erfüllen. Gott erlaubt mir, zu lehren. Gott braucht meine Gabe, den Menschen den Weg der Herzensliebe zu weisen. Die Menschenkinder übernehmen die Verantwortung dafür, wie weit und wie hell sie die Herzen machen. Ich darf sie anschubsen, sie auffordern aufzustehen und loszulaufen. Jedoch, gehen müssen sie den Weg selbst!"

Und Gänseblümchen kniete vor Gott,
dem Himmlischen Vater nieder und sprach
demütig und in tiefer Verbundenheit:

„Liebender Gott und Vater, ich möchte dem Leben gehorchen.

Meinen Auftrag trage ich mit Begeisterung in die Welt hinein. Ich lehre Deine Wesen Glaube, Liebe, Hoffnung, Weisheit, Mäßigung, Freiheit, Toleranz, Geduld, Großzügigkeit, Offenheit, spreche über die Genialität ihrer Herzen, über die Ehrlichkeit, nehme ihnen den bitteren Ernst und lache mit ihnen und Freude will ich ausstrahlen, die das Leben leichter macht.

Wenn ich einst diese Welt wieder verlassen darf, zu Dir heimkehre, dann werde ich viele Menschen gelehrt haben, wofür sie zur Mutter Erde hinabgestiegen sind. Und sie vermögen das Erdungsprinzip, das Vater- und Mutterprinzip, **das Allerwichtigste, die Selbstliebe** an ihre Kinder und an ihre Enkel und Urenkel weiterzugeben und ihnen ein reiches Leben damit zu bescheren.

Respektvoll wollen Freunde miteinander umgehen, und die Selbstliebe kann ihre Angst und ihren Schwermut in ein Gefühl von Freiheit, Fröhlichkeit und Leichtigkeit verwandeln.

Deine Bitte an mich, alle Tugenden auf die Erde zu bringen, möchte ich erfüllt wissen.

Auch das großzügige Geben und Nehmen, Himmlischer Vater, durfte ich erarbeiten und den Menschen darin Vorbild sein.

Im Geben liegt viel Segen. Das Nehmen will gelernt sein.

Liebender Herr im Himmel, glaubst Du wirklich, dass ich es vermag, diesen Mammutauftrag zu Deiner Zufriedenheit auch weiterhin zu erfüllen?"

Und Gottes Zuneigung tat kund:
„Ja, mein geliebtes Gänseblümchen, mein
Menschenkind, mein Kleinstes Allheilkind,
mein Himmelsblümchen und
Marienblümchen, ich glaube an Dich!
UND ICH STELLE DIR MEINE ENGEL
AN DIE SEITE!

Bleibe Dir selbst treu! Verausgabe Dich nicht und höre dem Hauch, der sich aus Deinem Herzen offenbart, gut zu!

Dein Leben wird einst ein vollendetes Glück sein. Ich sehe Deinen inneren goldenen lichtvollen Kern! Alles, was in eines Menschen Leben möglich ist, wirst Du am Ende aller Tage erreicht haben.

Das Glück, das Du verschenkst, kehrt in Dein eigenes warmes Herz zurück!

Mein Segen und meine Liebe sind mit Dir. Darauf kannst Du Dich felsenfest verlassen. Und sprichst Du auch nur ein einziges befreiendes Wort zu meinen Erdenkindern, so werden sich ihre Seelen zu mir erheben.

Nur die LIEBE zählt und sonst gar nichts!
Kraft eurer LIEBE heilt alles!"

Und Gänseblümchen, das Kleinste Allheilkind, das Himmelsblümchen, auch Marienblümchen genannt, bleibt verbunden mit dem Schöpfervater auf der Erde, und in Gottes Herrlichkeit im Licht bis in die unendliche Ewigkeit ...

... weil die Liebe untrennbar ist. Was Gott verbunden hat, das kann der Mensch nicht trennen (Evangelium nach Matthäus, Kap. 19, 3-6).

Bild: Herbert Seebacher

GÄNSEBLÜMCHEN –
KLEINSTES ALLHEILKIND

Erdenbürger, Menschenkind, Gottesgeschöpf, verweile für einen Augenblick vor einem lächelnden, von Engelsflügelchen umgebenen, munteren gelben Blütenauge, einem Sonnengesichtlein, einem winzig kleinen Gänseblümchen. Es darf auch Maßliebchen (bellis perennis), Tausendschön, Himmelsblume, kleine Margerite, Maiblume, Augenblümchen, Sonnenblümchen, Morgenblume, Marienblümchen, Mondscheinblume, die schöne Ausdauernde genannt werden.

Das strahlende Gewächs steht für Unschuld, Wahrheit, Reinheit, Treue und Vertrauen. Es ist genügsam und es wächst überall. Es heilt die Wunden der Gottesgeschöpfe. Tritt ein Wanderer auf sein Köpfchen, erhebt es sich rasch und strahlt von Neuem.

Das Gänseblümchen ist der Frühlingsgöttin Ostara gewidmet.

Gänseblümchen weisen auf die selbstlose Liebe der Heiligen Muttergottes Maria hin.

Das Weiß der Blütenblättchen wird als Symbol der Reinheit Mariens gedeutet, und die roten Ränder werden mit den Blutstropfen von Jesus in Verbindung gebracht.

Verneige Dich vor den Wundern der Natur und werde Dir in jedem noch so kleinen Geschöpf der Herrlichkeit Gottes bewusst!

Die Hüter von Mutter Erde sind all die

zahlreichen, ausdauernden Kleinen Allheilkinder unter Gottes freiem Himmelszelt. Unermesslich viele ehrenhafte Gotteshelfer und Gotteshelferinnen gibt es. Die guten, wahrhaftigen, treuen, selbstlosen Menschenkinder sind der rettende Anker, Halt und Stütze für die gesamte Völkerfamilie.

Den feinen Geschöpfen ist bewusst, dass sie, des Himmlischen Vaters Kinder, die Hüter von Mutter Erde sind, und dass allen Wesen darin und darauf und darüber Respekt und Anerkennung gebührt.

Sie wissen, dass sie Mensch geworden sind, um die Erde und ihre Bewohner zu lieben, zu ehren und zu achten. Wenn die Menschen dies nicht tun, wird es niemand tun. Gott, die Kraft des Lichtes und der Liebe, wirkt durch seine Kinder; ER, SIE, ES, der Odem, der Hauch, die Energie, das Licht bedarf der Materie, um sich auszudrücken. Gott kann nicht auf die Erde kommen. Zur Heilung und zur Segnung sendet ER, SIE, ES, seine liebenden Söhne und Töchter in die Welt.

Die Guten, Wahrhaftigen, Treuen, Selbstlosen fühlen sich verantwortlich für den Frieden in den Herzen der Menschen, in den Herzen aller Wesen, die atmen, in jeder Blume, in jedem Tier und jedem Stein.

Den vom Himmlischen Vater beauftragten Erdenengeln der Liebe und des Friedens wohnt eine unermessliche Energie inne, die sich von der Lieblosigkeit und dem Unfrieden nicht dauerhaft verdrängen lässt. Sie tragen am Ende, wenn sie sich verbunden, wiedervereint haben, den Sieg davon. Die Kräfte der Liebe und des Friedens stehen so viel höher über der Lieblosigkeit und der Feindseligkeit, als die Himmel über der Erde stehen.

Woran erkennst du Erdenengel?

Schaue in ihre Augen, und du siehst ihr Leuchten. Wirf einen Blick auf ihre Stirn, und du siehst das Licht. Ihr Antlitz ist ein liebevolles, harmonisch und schön. Sie tragen ihr Herz auf der Zunge. Sie sind außergewöhnlich.
Jedem Menschen empfehle ich von Herzen, sich einem durch und durch reinen und guten Menschen anzuvertrauen, sich in die Schule eines Erdenengels zu begeben, sich innerlich sanft berühren zu lassen.

Lieber Mensch, wenn Du die Wahrheit Deines Herzens, die Klärung Deines Geistes durch einen Erdenengel erfahren möchtest, ja, ernsthaft begehrst, wirst Du ihn und er wird Dich finden. Mache Dich auf den einzig wahren Weg, den Weg der Herzensliebe. Gott hat nur Engel auf die Erde gesandt; und viele haben ihren Auftrag ernst genommen und lehren die Bodenlosen, die Orientierungslosen, die Verrückten, die Verzweifelten und die Suchenden, die in der Angst Gelähmten, im Herzen und bei sich selbst anzukommen.

Sei Dir dessen gewahr: Auch Erdenengel sind Menschen; und wenn sie eines Tages Deiner Hilfe bedürfen, sei für sie da!

Mia besteht das Engelsexamen mit Bravour. Sie erkennt die wahre Schönheit hinter der Äußerlichkeit.

„Hallo, Frau Engel!"
Es trug sich zu im Wonnemonat Mai, im sagenumwobenen Salem, am Schlosssee, in der Mittagspause eines Erdenengels (Salem hebr. Schalom = Frieden). Der geschulte Erdenengel Mia betrat den Park am Schlosssee. An vielen Tagen im Jahr, während der Mittagspause, genießt sie dieses Idyll. Es verleiht ihrem

Alltag Glück und Erfüllung. All die kleinen und feinen Schönheiten, die Besonderheiten, die ihr Auge wahrnimmt, erbauen ihre Seele und stärken sie für die verbleibenden Stunden des Tages.

Mia trägt die Gabe in sich, die Welt heute mit reinen klaren Augen zu schauen, und sie nimmt die Erde inzwischen annähernd so leuchtend wahr, wie sie sich den jenseitigen Himmel vorstellt. Mia: „Ich sehe in einem kleinen Stückchen Paradies auf Erden einen mich verzaubernden, in seinen Bann ziehenden Badesee. Er breitet sich aus inmitten eines Garten Eden. Die zahlreichen schattenspendenden Bäume, beinahe unüberschaubare, sorglich behandelte Grünflächen, gepflegt, geliebt und begehrt von Menschen, Klein und Groß, Jung und Alt, bieten den Ortsansässigen eine Insel der Erholung. Die Bürger und Bürgerinnen von Salem wissen ihren Schatz inmitten ihres aparten Dörfleins zu würdigen. Spaziergänger laben sich an der frischen Luft.

Die Gäste kommen in den milden und heißen Sommermonaten von weither angereist, um das traumhafte Fleckchen Erde zu beleben und den Liebreiz in sich aufzunehmen. Man möchte noch einmal Kind sein und all die wundervollen Spielstätten, die Sandgrube, das Piratenschiff, die Badeinseln für nur wenige Stunden am Tag in Besitz nehmen, mit dem Wohlgenuss, der Lebensfreude und der Unbeschwertheit der Kinder dort endlos verweilen dürfen."

An diesem Tag im Mai entschied sich Mia ausnahmsweise für den Waldweg, der rechts am See entlangführt, von der Neufracher Straße ausgehend. Kaum hatte sie das Waldstück betreten, als sie eine Mutter mit einem süßen kleinen Mädchen an der Hand vor sich hergehen sah. Wenige Meter entfernt von den Beiden hörte sie die Fußgängerinnen reden, sehr klug und weise, was außergewöhnlich ist für einen Dialog zwischen einer Mama und einem höchstens dreijährigen Mädchen.

Ein stillschweigendes Überholen der Beiden erlaubte Mias neugierige Seele nicht. Da die Mama über die Wahrheit und andere Tugenden zu ihrer süßen Begleiterin sprach, bekam Mia „lange Ohren" und blieb auf der Höhe der Damen stehen. Der Augenblick ließ es zu, die Mutter höflich und zuvorkommend für ihr kluges Verhalten anzuerkennen und zu loben.

Das goldene Mädchen trug eine Kleine Margerite in seinem Haar und streckte Mia eine solche begeistert entgegen: „Magitle", sagte die Kleine. Mia fühlte sich berührt und bedankte sich bei dem Kind für seine zartsinnige Geste.

Daraufhin antwortete die Mutter: „Magitle, das war das erste Wort meines Kindes. Sie liebt Kleine Margeriten, Gänseblümchen."

Die Erwachsenen wechselten wenige Worte, als das Mädchen, wie aus der Pistole geschossen, sein Herzeleid kundtat: „Papa ist böse!"

Mia fühlte den Schmerz des Kindes und klärte dessen Geist: „Dein Papa ist ein lieber Engel. Das musst Du ihm sagen. Er hat es vergessen, weil er wahrscheinlich übermäßig viel arbeitet und ihm keine Zeit für sich selbst bleibt. Alle Menschen sind in Wahrheit liebe Engel."

Kleine Kinder bis zum siebten Lebensjahr, wenn ihnen bis dahin noch kein fremder Wille aufgedrückt worden ist, sehen das Licht in den Erdenengeln und sie nehmen deren Ausstrahlung wahr. Dies mag das Geschöpflein dazu bewogen haben, sich in derlei Ausmaß Mia gegenüber zu öffnen und seinen Kummer vertrauensvoll herausprudeln zu lassen.

Mia zog tief berührt von der Offenheit der Beiden ihres Weges. Noch stundenlang sah sie vor ihrem inneren Auge die hübschen Damen, die den Papa und den Partner zukünftig als lieben Engel sehen wollten und, wie die junge Frau beteuerte, sie ihm helfen würde, zu sich selbst zurückzufinden.

Am darauffolgenden Tag betrat Mia den Garten Eden erneut, in der leisen Hoffnung, die sanften Wesen abermals sehen zu dürfen. Jetzt lief sie, aus einem guten Gefühl heraus, die Linksroute.

Als sie auf der Höhe der Sandgrube, am feuchten Uferabschnitt watete, rief von links kommend eine helle, warme Stimme: „Hallo, Frau Engel!"

Gott hatte Mias Bitte erhört.

Als Frau Engel war sie nie zuvor angesprochen worden. Sie fühlte sich sehr geehrt und gesellte sich zu den Damen.

Alle erfreuten sich am Wiedersehen nur einen Tag später. Gottes Wege sind genial! Diesmal standen die Drei für einen kurzen Augenblick im kühlen Nieselregen beieinander und bedankten sich für den gestrigen Tag und die segensreiche Begegnung.

Als Mia sich auf ihren Heimweg begab, sich zur Verabschiedung noch einmal lächelnd umdrehte, aus purer Freude über das Geschehnis, ergänzte das kleine Kind: „Ich sage meinem Papa, dass er ein lieber Engel iiisss!" Mia sank vor Dankbarkeit und glückselig innerlich auf die Knie und winkte mit Tränen in den Augen hinüber zu den neugeborenen Engeln.

Menschen werden selbst zu Engeln, aufgrund ihrer engeligen Gedanken. Das Lebensgesetz besagt, dass der Mensch zu dem wird, womit er sich umgibt und womit er sich geistig beschäftigt.
Viele Händchen winkten zurück.

Alles hat seine Zeit, und gut Ding will Weile haben.

Vor Mias innerem Auge saß der Papa, zeitnah, tränenüberströmt an der Salemer Aach; am Fluss brach es aus ihm heraus. Von dieser Stunde an fühlte der junge Mann, dass sein Leben einen Sinn ergab. Er lauschte dem Stimmchen seines kleinen Töchterleins im Inneren und lächelte manche Stunde am Tag vor sich hin. In diesen besinnlichen Augenblicken kam er sich selbst wieder näher. Ein Mann war, von einer Sekunde auf die nächste, von seinem Kind zum liebenden Engel gekrönt worden. Was könnte es Schöneres für einen Papa auf der Erde geben? Und, wie durch ein Wunder geschah es, dass der Vater und Partner wieder Zeit für seine kleine Familie fand, in der er der liebe Engel sein durfte.

Wenn ein Engel für seine Nächsten Gutes ausmalt, dann wirkt diese Idee wie ein Ersuchen, an den Himmlischen Vater gerichtet. Der Herr erhebt die beteiligten Menschen und lässt die heilsamen Gedanken Wirklichkeit werden. **Im Licht der Zuneigung sieht Gott alles.**

„Denn, wo zwei oder drei in meinem Namen versammelt sind, da BIN ICH mitten unter ihnen (Evangelium nach Matthäus, Kap. 18:20).“

Erdenkind, worauf richtest du deinen Blick?

Ihr geliebten jungen Menschen, brennt für eine gute Sache und feuert für die Liebe!

Ihr seid die Generation, die sich auf völlig neue Wege begibt, die noch kein Mensch vor euch gegangen ist. Die Erwachsenen können euch diese einzigartigen Routen nicht vorgeben. Sie dürfen euch in Liebe begleiten, laufen müsst ihr selbst. Findet heraus, wie Leben geht. Lasst die Aufrichtigkeit eure Schritte lenken. Hinterlasst einen vorbildlichen Selbstabdruck im Erdengästebuch.

Schaut tiefer! Konzentriert euch auf das wahre Lichtwesen hinter der Äußerlichkeit!

Hört euren Herzen zu. In des Herzens Grund liegt der Plan für einen einzigartigen, außergewöhnlichen, bedeutsamen Lebensweg. Lernt, ihn zu erforschen, indem ihr euch öffnet, beharrlich mehr und mehr Licht ins Dunkel bringt. Dringt ein in den Urgrund eures Seins. Kämpft um das Wesentliche und setzt euch dafür ein!

Vergeudet keine Atemzüge mit unnützem Zeug. Fühlt euch verantwortlich. Seid füreinander da in guten und ganz besonders in weniger guten Zeiten.

Kuscheln, schmusen, zärtlich sein, lieben und geliebt werden, danach sehnt ihr euch. Nähe und innige Verbundenheit, das Miteinander, machen euer Leben lebenswert und reich.

Seid fleißig und beweist Charakter! Bleibt frei und wahrhaftig in euren Herzen!

SEID DA, dann kommt alles zu euch, dessen ihr wahrhaftig bedürft. Denn der Himmlische Vater sieht die Hellen und die Wahren; und die Seinigen unterstützt und erfüllt ER. Die auf dem Holzweg, die Dunklen, sieht ER nicht.

KEHRT UM, WENN DAS LICHT ERLISCHT.

Behütet und pflegt die wundervolle, euch ernährende Mutter Erde.
Atmet die Liebe in euch hinein.
Die Liebe, der Geist in den Atemzügen, macht euch klug, weise und stark für die Welt.

Kraft deiner Herzensliebe schaffst du alles!

Du bist jung, hübsches Menschenkind. Viele interessante Jahre warten auf dich. Steh' auf und lauf' los, mit den Lebensgesetzen im Rucksack, und lass' dich überraschen! Es kommt ganz anders, als du dein Leben erdacht hast; es kommt viel besser, als du es dir vorzustellen wagst.

Gottes Wege sind gute Wege; sie sind unergründlich. Am Ende gehen sie auf. Gottes Wille geschieht, ob wir damit im Einklang stehen oder nicht. Sei klug und fühle dich in Gottes Plan hinein.

IN DEINEM HERZEN HAT GOTT EINEN ALTAR ERRICHTET, AUF DEM ER DEIN LEBEN FÜR DICH BEREITET.

**„STEH' AUF UND LAUF' LOS, SCHRITTWEISE VON DIR ZU MIR,"
SPRICHT DER ERDENENGEL,
„LANGSAM UND GEDULDIG, MITTEN HINEIN IN DEN TEMPEL DER GEFÜHLE.
GOTT HAT SEINE FREUDE AN DIR."**

DIE KRAFT DER LIEBE, DIE GOTT IST, HAT NUR ENGEL ZUR ERDE GESCHICKT.

GOTT RUFT SEINEN ERDENENGELN ZU:

„EIN GLÜCKLICHER MENSCH IST EIN MENSCH, DER BEI SICH IST. BEI SICH SELBST, GANZ DRINNEN, IM GOLDENEN KERN LIEGT DAS GLÜCK!

FINDET DEN INNEREN TIEFEN GOLDENEN HERZENSKERN, IN DEM ALLE EINS SIND. DANN HABT IHR ALLES ERREICHT, WAS EIN MENSCH AUF ERDEN ERREICHEN KANN. ALLES ANDERE GEBE ICH EUCH DAZU.

DER WEG DORTHIN IST DER WEG DES GLAUBENS. DER GLAUBE VERSÖHNT EUCH MIT MIR, VERSÖHNT DEN SCHÖPFER UND DIE MENSCHEN.

DER GLAUBE ERST ÖFFNET DIE AUGEN FÜR DAS WAHRE LEBEN HINTER DER ÄUSSERLICHKEIT.

NUR IM GLAUBEN GIBT ES DIE WAHRE LIEBE. WENN IHR AN MICH GLAUBT, IHR IN MEINER LIEBE SEID, DANN KOMMT MEIN GOLDENES LICHT ÜBER EUCH UND DAS IST FÜR ALLES DIE LÖSUNG.

IHR STEHT IM HIMMEL UND AUF DER ERDE ZU MIR. ICH STEHE IM HIMMEL UND AUF DER ERDE ZU EUCH!

ICH LASSE IMMER EINEN GOLDENEN STERN ÜBER EUCH LEUCHTEN. SCHAUT NACH OBEN, EGAL, WIE ES EUCH GEHT, UND ORIENTIERT EUCH AM GOLDENEN STERN!"

Lass es gut sein! – Let it be (eng-e-lisch)!

In Sekundenschnelle raste der goldene Lichtstrahl von links oben auf sie zu, breitete sich als Kugel an ihrem linken Fußknöchel aus, um sich schnurstracks wieder in den Himmel emporzuschwingen.

Nachdem die Schreiberin dieser Zeilen den Stift zur Seite gelegt und sich den Alltagssorgen ihrer Lieben in der Lebensschule wieder zugewandt hatte, geschah es, unverhofft, unerwartet, nach Feierabend.

Am Ende eines langen Arbeitstages stellte sie sich auf ihre Terrasse, um in der stillen Nacht mit dem Himmel und seinen Engeln zu kommunizieren. Sie sprach leise dankend zu den Sternen und segnete alle Menschen, alle Tiere, die prächtige Erde und den Giganten Kosmos.

Heute erlebte sie ein beeindruckendes, heilendes Lichtphänomen. Ein helleres Erscheinen der Göttlichen „Sprache" außerhalb ihrer Seele hatte sie bis zu diesem Augenblick nicht wahrgenommen. Ein kraftvoller Lichtstrahl, viele unzählbare Meter lang, raste im Eiltempo von links oben kommend auf sie zu. An ihrem linken Knöchel breitete sich das Wunder aus, formierte sich zur Lichtkugel mit einem Durchmesser von circa 30 Zentimetern, verharrte eine gefühlte Millisekunde vor den Füßen, um sich danach innerhalb eines wundersamen Atemzuges wieder als mächtiger Strahl nach rechts oben ins Firmament und nach Hause zu schwingen.

Unsere begeisterte, tief berührte Beobachterin wusste nicht, wie ihr geschah. Sie hielt ihren Kopf fest in den Händen und fragte sich: „Was war das?"

Gott hatte ihr ein Zeichen geschickt, das war offensichtlich. Und die gesandte Botschaft flog strahlend hell auf die Erde herunter, in eine Lichtkugel verpackt und schwang sich auf einer Terrassentreppe direkt vor die Füße eines bodenständigen und sehr realistischen erwachsenen Menschen.

Gerade wollte die Autorin ihrem nach so vielen Jahren wieder gefundenen, von Herzen geliebten Freund die Richtung angeben, ja, bleiben wir bei der Wahrheit, in einer schwierigen Lebensphase seine Probleme lösen.

Da meldete sich die Lichtklangenergie vom Himmel, um der Schreiberin die Botschaft zu überbringen: „Lehre ihn, sich selbst zu helfen, selbst für sich zu sorgen, für sich selbst da zu sein, aus seiner goldenen Mitte heraus zu leben und sich Gutes zu tun. Lasse ihn los. Gib ihn in GOTTES HÄNDE zur Heilung!"

Entscheidend war die Millisekunde, in der die Schriftstellerin das Licht in sich fühlte mit den Worten: „Du siehst und fühlst, dass „UNS" Deine Geschichte vertraut ist. Und „ICH" möchte Dir sagen, dass „WIR" Deine Texte lesen und uns im Himmel unterhalten, wie „WIR" Dir helfen können auf der Erde, so, wie „ICH" das versprochen habe. Löse Du niemals die Herausforderungen der Menschen. Du schreibst genau so, wie „WIR" es Dir sagen und wie „WIR" es von Dir und durch Dich brauchen. Dafür danken „WIR" Dir sehr und „WIR" lieben Dich dafür, dass Du Deine Aufgabe mit großer Hingabe erfüllst.

Dein Freund ist ein erwachsener Mann. Er kann gut mit Herausforderungen umgehen. Du liebst ihn mit Deinem ganzen Herzen. Allabendlich legst Du ihn in „MEINE HÄNDE" zur Segnung, bittest „MICH", ihn zu unterstützen. Vertraue auch, dass „WIR", „ICH" und alle Engel zur Stelle sind und Deine Bitten erhören.

Nimm anderen Menschen nicht die Chance, zu lernen. Gib sie frei und vertraue ihnen.

Dein Freund ist ein sehr starker und heller Engel. Er hat sich verloren und er findet sich wieder.

Deine Aufgabe, ihn und alle anderen Geschöpfe in „MEINE HÄNDE" zu legen, wirst Du mit Bravour erledigen.

„WIR" danken Dir dafür.
Das war ein lieber Gruß vom Himmel!

Let it be!
Lass los!"

Allmächtiger Schöpfervater: „Dein Wort ist meines Fußes Leuchte und ein Licht auf meinem Weg" (Psalm 119, 105).

"Thy word is a lamp unto my feet and a light unto my path," (Text und Melodie: Amy Grant und Michael W. Smith) ist seit vielen Jahren der Lieblingssong der Autorin.

Liebe Freunde meiner Lebens-, Liebes- und Engelsschule, von ganzem Herzen danke ich euch für euer
tiefes Vertrauen, das ihr mir täglich entgegenbringt.

Den Erdenengel tragt ihr im Inneren, ein Jeder von
euch. IHR SEID DAS LICHT GOTTES AUF ERDEN.
„DU BIST DAS LICHT!" – Sagt es Allen!

Ihr erlaubt mir, auf dem Weg hin zu eurer Herzenser-
gründung dabei zu sein, die Herzensbildung zu begleiten.
Ihr vertraut mir und seid ein Präsent.
Was könnte mir gelingen, hielte nicht Gott SEINE
HAND über alle und alles?
DANKE, dem Allmächtigen Vater, dem Geist der Liebe
in unserer Atmung, der alles ausrichtet und aufrichtet,
DANKE der nährenden Mutter unter unseren Füßen, die
unser Menschenleben auf der Erde erst möglich macht.

In tiefer Verbundenheit,
ein dienender Erdenengel.

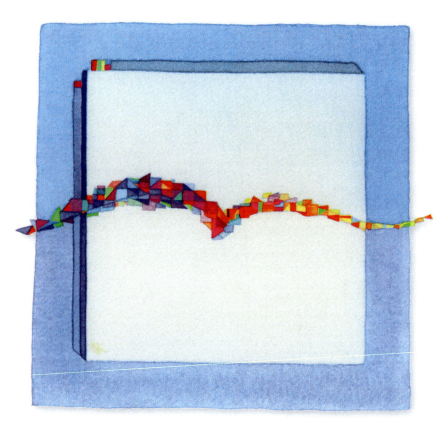

Frau Edelgard Brecht aus Meersburg (*Dezember 1941) hat sich über Europas Grenzen hinaus mit ihrer farbenprächtigen Miniaturmalerei in die Herzen der Menschen gemalt. In unermüdlicher Begeisterung zaubert sie Gottes bunte Welt, von Engelhand geführt und hochbegabt, auf ein kleines Stückchen Papier und bringt es zum Leuchten. Jedes Bild von ihr gleicht in meinen Augen einem kleinen Wunder. DANKE

Dieses Gedicht nur vermag es, den Ausklang zu krönen:

Sehnsucht

Einmal möcht' ich Adler sein,
Im Morgenglanz der Sonne kreisen,
Weit über allem Trug und Schein
Nur Gottes Herrlichkeiten preisen.

Nur einmal auf den Wipfeln geh'n,
Wo ferne Welt und Hass versinken,
Wo nur noch Edelweiße steh'n
Und ewig Liebende sich winken.

Und einmal in die Stille schweigen,
Wo auch der Lärm des Ichs verklingt,
Wo nur der Vogel in den Zweigen
Das Liebeslied der Schöpfung singt.

Geschrieben 1931.

Ein inniges Dankeschön richte ich an die Dichterin, Frau Fridel Müller, für diese berührenden Worte, die lebendig bleiben über die Ewigkeit hinaus. Die Veröffentlichung erst machte die Tochter, Frau Edelgard Brecht aus Meersburg, möglich durch ihre großherzige Freigabe der Zeilen. Begeistert und glücklich danke ich für diese herzerfrischende Freundschaft.

**Der Segen der Liebe sei mit euch allen,
liebe Gottesgeschöpfe,
auf dem heiligen Boden
unserer Mutter Erde.**

HEILIGE MUTTER ERDE,
GEHEILIGTES MUTTERPRINZIP

Segne du Maria, segne mich dein Kind,
dass ich hier den Frieden, dort den Himmel find!
Segne all mein Denken, segne all mein Tun,
lass in deinem Segen Tag und Nacht mich ruhn!
Lass in deinem Segen Tag und Nacht mich ruhn!

Segne du Maria, alle, die mir lieb.
Deinen Muttersegen, ihnen täglich gib!
Deine Mutterhände breit' auf alle aus,
segne alle Herzen, segne jedes Haus!
Segne alle Herzen, segne jedes Haus!

*Text: Cordula Wöhler 1916,
Melodie: Karl Kindsmüller 1916*

HEILIGER SCHÖPFERVATER,
GEHEILIGTES VATERPRINZIP

Großer Gott, wir loben dich,
Herr, wir preisen deine Stärke.
Vor dir neigt die Erde sich
und bewundert deine Werke.
Wie du warst vor aller Zeit,
so bleibst du in Ewigkeit.

Alles was dich preisen kann,
Kerubim und Serafinen,
stimmen dir ein Loblied an.
Alle Engel, die dir dienen,
rufen dir stets ohne Ruh':
„Heilig, heilig, heilig" zu.

... Himmel, Erde, Luft und Meere,
sind erfüllt von deinem Ruhm,
alles ist dein Eigentum.

Text: Ignaz Franz 1768,
Melodie: Heinrich Bone 1852

Bild: Edelgard Brecht